LE TEMPS DES LOUPS

OLIVIER MAULIN

LE TEMPS DES LOUPS

le cherche midi

La patrie, sans boniment nationaliste,
est seulement l'espace que l'individu contemple
à l'horizon en montant au sommet d'une colline.

Nicolas Gomez Davila
Traduction M. Rabier

Pour mesdemoiselles C. et L.

PREMIÈRE PARTIE

Les kidnappeurs kidnappés

I

La clientèle était plus âgée que d'habitude, plus intello aussi, comme tous les ans à la même saison. Le DJ avait tout de suite compris à qui il avait affaire. Entre 35 et 45 ans. Jean repassé, chemise blanche impeccable, air un peu supérieur pour les hommes. Robe seyante, épaules nues, pose évanescente pour les femmes : c'étaient les gugusses invités au salon du livre qui une fois l'an investissaient pendant trois jours la petite ville et sa boîte de nuit. Même ceux qui avaient un air canaille étaient propres.

L'événement avait lieu le même week-end que le Salon international du tatouage. Les tatoués fréquentaient un bar à billard près de la gare mais, à la fermeture de l'établissement, ils rappliquaient à la boîte, généralement vers 2 heures du matin. Parmi les écrivains, il ne restait plus que les ivrognes, autant dire que l'équipage était au complet. Tatoués bourrés + écrivains bourrés + indigènes bourrés = forte probabilité pour qu'un écrivain se prenne un pain dans la tronche, ce qui arrivait tous les ans.

Les auteurs à petit tirage qui n'avaient pas réussi à taper dans le cheptel littéraire se rabattaient en effet sur l'indigène, erreur à ne jamais commettre, surtout vers Épinal. D'autant que les gars du coin guettaient la moindre occasion pour leur mettre sur la gueule, les considérant ni plus ni moins comme « des pédés qui se la jouent ».

Une bousculade, un pied écrasé, un verre renversé : tout était bon pour lancer les hostilités. On ne parlait jamais de bagarre, de castagne ni de baston dans la région mais de « légitime défense », dont on avait une conception très large : « Il m'a regardé de travers, je me suis senti menacé. » Bref, quand un écrivain, la chemise ouverte et les cheveux en bataille, s'adossait au bar à côté d'une pisseuse régionale pour lui demander si elle aimait la littérature contemporaine, un type de 100 kilos lui tapotait généralement l'épaule dans les trois minutes ; l'écrivain se retourne en souriant, il se prend un coup de boule dans le nez. Les urgences de nuit lui donneront la matière d'un chapitre réaliste.

Pour lors, il était tôt. Le DJ enchaînait les tubes nostalgiques. Quelques écrivains se lâchaient sur la piste de danse ; la plupart d'entre eux étaient accoudés au bar ou perchés sur des hauts tabourets. Il y avait les vieux de la vieille qui jouaient les blasés, et les nouveaux qui imitaient les anciens, mais qui au fond n'en revenaient pas d'en être.

Un prof d'histoire-géo qui avait écrit un polar régional à énigmes dansait tout seul en faisant des moulinets avec les bras. Il avait un pantalon trop court et souriait, l'air de bien s'amuser. La simple idée de lui adresser la parole paraissait extravagante aux écrivains nationaux. « La médiocrité, c'est contagieux », ironisait Yvon Pottard, un romancier de 54 ans qui avait eu son heure de gloire avant de dégringoler dans les ventes. Les jeunes qui l'entouraient goûtaient le bon mot. « Sacré Pottard, fidèle à sa légende de super-connard. »

Le drame de Pottard, c'est qu'il n'avait pas adapté son comportement à ses ventes, ce qui lui valait quelques déboires. À trois cent mille exemplaires, quand vous faites un scandale à la Rotonde parce que le champagne n'est pas assez frais, le patron vient s'excuser. À trois mille exemplaires, un serveur vous raccompagne gentiment à la porte. Il en était là. Du coup, il se réfugiait dans une ivrognerie revancharde et mégalomane, ne parlant que de lui et de son œuvre, de ses souffrances de créateur et de son retour programmé sur le devant de la scène. Il lui était absolument impossible d'envisager qu'on puisse ne pas être en admiration devant lui, comportement qui s'expliquait par la jalousie, la malveillance ou la bêtise, souvent les trois à la fois. Un soir, en rentrant d'une réception où il avait brillé, il avait pleuré devant son miroir en se traitant de maudit.

Daphné Loisel-Monfils, qui buvait une coupe à ses côtés, le trouvait pathétique et touchant, cabossé par le talent. À 23 ans, elle venait de publier son premier roman où elle racontait d'une écriture blanche les relations perverses que lui avait imposées son père et qui avaient fait d'elle « une putain libérée mais toujours soumise ». Dans l'espoir de vérifier si elle était vraiment putain, quelques critiques avaient salué l'audace de la confession et vanté un texte dérangeant qui propulsait le lecteur hors de sa zone de confort, avant de la contacter pour boire un café. Elle était bien putain, mais de l'espèce frigide et torturée : les critiques s'étaient sauvés avant les croissants.

Elle savait qu'elle finirait la nuit avec Pottard et ça la dégoûtait. « S'avilir. Plaisir. Mourir. Poupée démembrée. Je suis la femme-objet. Je suis la femme-sujet. Je danse au-dessus du gouffre de ma vie », avait-elle écrit dans son roman (Estelle A., libraire à Montauban, avait gratifié le livre de trois petits cœurs). Elle adorait qu'un homme lui mette des gifles quand elle faisait une crise de nerfs.

À l'autre bout du bar, un auteur de bédés aux cheveux longs racontait sa dernière mésaventure humanitaire. Pour être en conformité avec ses idées, il avait accueilli un migrant chez lui mais celui-ci avait chié dans sa baignoire avant de lui piquer son ordinateur portable et de disparaître dans la nature. Autour de lui, les confrères n'en revenaient pas. Ils avaient tous signé les pétitions, mais putain, de là à accueillir un pouilleux ! La tribune « pour un accueil digne des réfugié·e·s », c'était juste le ticket d'entrée des salons ! Oh, le fofol, l'Héroux louchant, effrayant con lunaire ! Ils regardaient le chevelu avec un mélange de respect et d'épouvante. Le samaritain disait que son hôte s'était probablement senti humilié par ce mélange de charité chrétienne et de paternalisme dont il n'avait pas réussi à débarrasser son acte politique. « Au fond, c'est de ma faute, on n'humilie pas un homme impunément », affirmait-il. Là-dessus, tout le monde était d'accord.

Mais restons-en là sur la question littéraire si vous le voulez bien ; après tout je ne suis pas payé par les fabricants de Xanax. On pourrait certes en faire des pages sur le sujet, des tomes et des tomes, des épopées ! Raconter comment au milieu de la nuit Pottard, pleurnichard, saoul, respectueux de son génie et incapable de bander, s'était mis à téter affreusement les seins de Loisel-Monfils en l'appelant « maman » ; comment le jeune Martinez, auteur d'un premier roman remarqué par un critique de *Libération*, s'était pris pour le roi du monde avant de se faire dépouiller par une cocotte qui lui avait fait miroiter une nuit orientale ; comment une autrice libérée et pro-migrants avait été molestée à la sortie de la boîte par trois Noirs libidineux ! On pourrait être vilain-vilain, hors norme, bien saligaud, coller la nausée à *Télérama* ! Comment la plupart de ce gibier de salon s'était couché malheureux, déprimé, suicidaire, frustré par l'absence de reconnaissance, frustré par l'absence de vente, frustré par l'absence de femmes qui étaient pourtant le seul salaire qu'ils attendaient ! Écrivain et se lustrer le fifrelin dans un hôtel à Épinal ! Ouin ! Sans décodeur Canal ! Comment les plus lucides avaient eu envie de dégueuler en se brossant les dents, tout seuls devant leur glace de salle de bains, titubant et se remémorant le rôle de paillasse qu'ils avaient joué toute la journée… Et avec coquetterie ! Écrivain-ci, écrivain-ça, et hihihi, et huhuhu ! Mon rôle : dénoncer les injustices ! Sourire charmeur, sourire canaille, sourire embobineur ! Et répondre aux questions des vieilles amoureuses de littératuuuure ! Vieilles biques, coureuses d'expositions, fieffées salopes culturelles responsables du désastre, mais oui ! À bas les vieilles ! Rendez la retraite ou pendues comme les cochons ! Amies des arts, pardi ! *Télérama* toujours ! « À quelle heure écrivez-vous, cher auteur ? » « Quels sont vos influences, ô saucisse ? » « Dédicacez-vous vos livres aux migrants ? » « L'angoisse de la page blanche ? » « Vous grattez-vous la trompette quand vous manquez d'inspiration ? » « Savez-vous que vous faites mouiller mon vieux con ? » À se flinguer ! À se pendre, là, sur la tringle de douche ! À rentrer sa petite gueule de punaise au fond des chiots et tirer la chasse ! Glouglou, je me lave, je me noie, m'évade dans les égouts ! À vider le minibar *solito* en chialant ! Lécher le miroir et y coller sa queue ! Au secours ! Je suis un écrivain ! J'ai la queue mollassonne !

Oh là là, oui, il y en aurait des choses à dire, des choses à raconter, il y aurait un roman, un cycle, une comédie humaine ! Oui !...

Mais non, en fait... Car on va aller ailleurs, petit lecteur coquin, loin des salons, des cabotins, des hihihi, des huhuhu, loin des queues molles, des migrations ! Loin, très loin chez les rigolos ! Les cons qu'on aime ! Les Ancre Pils et Kronenbourg ! Ceux qui donnent les coups de boule et non qui les reçoivent ! Et avec eux, pardi, nous chevaucherons sur Celui qui bondit sur les gouffres d'extase ! Et qui nous portera, le croirez-vous, dans les confins du monde ô combien merveilleux ! Un monde de chevaliers et de garous, intact, je veux ! C'est ici que nos chemins se séparent, ô lecteur de *Télérama* !

*

Avant de continuer, il nous faut cependant préciser un fait d'importance capitale pour le bon déroulement de notre récit. Les invités du salon du livre avaient en effet, nichée dans leur cœur, une méchante contrariété ; ils avaient l'âme lourde, salie, une pierre au fond d'un puits. Aucun ne le confiait mais ils appréhendaient tous la journée du lendemain, et l'humiliation qu'ils subiraient inexorablement.

Le salon accueillait en *guest star* Samantha-Sun Lopez, la célèbre chanteuse américaine de 22 ans dont l'autobiographie avait rencontré un succès planétaire. Sept millions d'exemplaires vendus aux États-Unis ! En France, le livre frôlait le million moins de six mois après sa traduction ! Émeutes en

Chine devant les librairies et ses quinze morts ! « Je suis triste », avait twitté Samantha-Sun et l'on avait salué son extraordinaire retenue. Même les Indiens ne juraient plus que par elle, les Africains !

Maïté était responsable de la médiathèque de Thaon-les-Vosges, membre fondateur de l'association Des livres et des rêves, organisatrice de l'événement, et amoureuse de littérature. Lorsqu'elle avait timidement proposé de lancer une invitation à Samantha-Sun Lopez, tout le monde s'était tenu les côtes. Hilarité dans le local associatif ! Rigolade devant les bols de chips et cacahouètes ! « Sacrée Maïté ! Une déconneuse ! » « Tu t'es crue à la Porte de Versailles, à Saint-Malo, dans le train saucissonné de Brives ? »

« Et si on invitait le pape ? » avait ironisé Thibaud, documentaliste au lycée Marcel-Cachin, un jeune homme timide qui n'en était pas moins goguenard.

Mais Maïté ne s'était pas démontée, elle avait rédigé une belle lettre, simple et naïve, où elle disait son émotion à la lecture des souvenirs de jeunesse en Floride de Samantha-Sun, ses parents cubains, son enfance dans une cabane humide entourée de serpents, les quolibets de la jeunesse dorée, les premières chansons diffusées sur YouTube, et enfin le succès ; elle l'avait envoyée à son éditeur new-yorkais. La chanteuse avait été émue à son tour et avait accepté l'invitation. Brave Maïté. Qui le veut, il le peut !

Il y avait eu un moment d'ivresse et de panique. Serait-on à la hauteur ? On avait immédiatement réservé la plus belle chambre du meilleur hôtel de la ville, mais enfin c'était Épinal. On avait donné des consignes au taulier : les stars, c'est capricieux, tenez-vous prêt pour l'omelette aux fines herbes à 4 heures du matin ou le renvoi en cuisine de la bouteille d'eau trop fraîche d'un degré. Les angoisses se multipliaient : combien de livres à commander pour l'espace librairie ? S'il en reste trop à son départ, c'est humiliant pour elle. S'il y a rupture après une heure de signatures, c'est humiliant pour nous. *Mamamia*-la-responsabilité ! Et l'affluence, les queues interminables, l'évanouissement de la lectrice émotive ! Saurait-on gérer les foules ? Et l'intendance ! Samantha-Sun ne voyageait qu'en classe affaires et exigeait de faire le trajet Paris-Épinal en taxi. Les phynances allaient en prendre un sacré coup ! Heureusement, on avait fait appel au département qui pour une fois s'était montré prêt à soutenir la création littéraire. Pas trop tôt !

Pour le salon, c'était un sacré morceau. On avait l'impression de passer dans la cour des grands. À part Delahousse, personne ne l'avait eue en France ! Un peu de gloire fondait sur les membres de l'association. Maïté était restée très simple mais ses subordonnés à la médiathèque chuchotaient dans son dos. Elle cachait bien son jeu. N'avait-elle pas un réseau secret, la cachottière ? Initiée ? Va savoir !

Pour les écrivains invités, c'était autre chose. « Cette Samantha-Sun Lopez, c'est un pur produit marketing », disait Pottard avec mépris. Il savait de source sûre (« un ami américain bien informé ») que ce n'était pas elle qui avait écrit son bouquin. Tous étaient d'accord pour dire que c'était indigne d'un salon du livre de s'abaisser à inviter des gens qui n'étaient pas des vrais écrivains.

La vérité était ailleurs, bien sûr : le livre de Samantha-Sun Lopez n'était ni meilleur ni moins bon que le leur. Ce qui était certain en revanche, c'est que le lendemain ils seraient tout seuls derrière leur pile de livres alors que cent personnes feraient la queue en continu devant celle de la chanteuse américaine !

*

Mais allons-y pour de bon à présent et revenons une semaine avant ce fameux salon du livre.

II

Jean-Didier Grosdidier avait fini de tailler les haies et éteint l'appareil. Il avait un vieux taille-haie à essence avec une lame de 70 centimètres, un bon matériel, mais bruyant comme l'enfer. « Vous devriez mettre un casque comme sur les chantiers », lui avait dit un jour le colonel. Il avait haussé les épaules.

Le silence lui parut total pendant quelques secondes, puis il entendit au loin le ronronnement d'un autre appareil, probablement le père Schmidt, plus bas vers le village, qui taillait lui aussi ses haies. À moins que ce ne soit un bûcheron dans la forêt. Depuis une semaine, les nuits étaient plus fraîches, les jours raccourcissaient, il y avait eu de la brume au petit matin. « N'oubliez pas les lauriers », lui avait répété à plusieurs reprises le colonel. Il les voulait bien denses pour que les chevreuils ne puissent pas se faufiler et bouffer ses massifs.

Jean-Didier se recula de trois pas pour une vision d'ensemble. Il travaillait proprement, avec un cordeau attaché à deux piquets. Sur les flancs, il faisait aller sa lame en arc de cercle, d'abord de bas en haut puis de haut en bas. Sur le dessus de la haie également : des arcs de cercle. Toujours des arcs de cercle ! Il plaignait ceux qui taillaient leur haie sans faire des arcs de cercle. Il allait du milieu de la haie vers le bord pour que les branches tombent sur le sol. Mais il en restait, bien sûr.

Il posa son engin sur du papier journal par terre et remonta sur l'escabeau pour les ôter. Il lui fallait encore ratisser les feuilles mortes de l'allée et ce serait tout pour aujourd'hui. Il était devenu l'homme à tout faire du « château », ainsi que l'on appelait le manoir du colonel dans le pays. Il s'occupait du jardin et des réparations diverses, et conduisait même le colonel quand il allait à Nancy ou à Mulhouse. D'ailleurs, celui-ci le nommait son chauffeur-majordome et exigeait qu'il mette une cravate et des gants blancs quand il pilotait sa voiture, une vieille 4L avec le levier de vitesse sur le tableau de bord. Il l'engueulait régulièrement, le traitait d'empoté, de bras cassé et de joyeux luron. Mais il lui prêtait également sa voiture quand il en avait besoin et l'invitait régulièrement à partager son dîner, préparé par Mme Thérèse, qu'il présentait comme sa gouvernante et que tout le monde au village soupçonnait d'être sa maîtresse. Une belle chambre à l'étage était à sa disposition ; il y dormait parfois quand il finissait tard et qu'il avait la flemme de rentrer chez lui. Jean-Didier était très fier de travailler pour le colonel. Au village, quand on le questionnait sur la vie au château, il invoquait le secret professionnel.

Après avoir ratissé l'allée et réuni les feuilles mortes en tas, Jean-Didier contourna la maison pour aller saluer le colonel qui faisait ses exercices du matin au fond du jardin. Il était dans son fauteuil roulant, habillé d'un bas de survêtement en coton rouge et d'un tricot de peau blanc ; il avait fait sa gymnastique et s'entraînait désormais à l'arc. Jean-Didier s'arrêta à la hauteur du catalpa. Le colonel détestait être dérangé quand il tirait.

Il était concentré, les traits du visage fatigués, les yeux légèrement plissés, le regard de fer. Il bandait l'arc lentement, tenait la flèche à la façon mongole, disciplinait son énergie musculaire, transmettait harmonieusement cette force à l'arc. Il soutenait que c'était davantage encore que la force la volonté qui propulsait la flèche. Quand celle-ci partait à 200 kilomètres à l'heure, il était toujours extrêmement calme et serein, d'un calme et d'une sérénité réellement olympiens. Nombreux sont les hommes qui cherchent le bonheur. Lui disait l'avoir trouvé entre la seconde séparant le moment où la corde se détendait dans une vibration harmonieuse et celle où le claquement sec de la cible accueillait la flèche. Oui, c'était ça pour lui, le bonheur. Un bonheur qu'il aimait qualifier de métaphysique.

Lorsqu'il lâcha la corde, le fauteuil recula de près de 1 mètre ; la cible énorme et colorée (140 centimètres de diamètre) était à dix pas mais la flèche passa au ralenti à 3 bons mètres sur la droite et disparut dans un massif de rhododendrons. Détail qui n'est pas sans importance : le colonel était quasi-aveugle. Adossé à l'arbre, Jean-Didier applaudit.

— Bravo, colonel, si je puis me permettre, dit-il en s'inclinant.

Le colonel fit pivoter le fauteuil, exécuta un petit signe courtois de la tête.

Il avait près de 80 ans, était petit et déplumé. Jean-Didier souriait gauchement.

— Eh bien, si vous n'avez plus besoin de moi, je crois que je vais y aller.

— Pas de trous dans la haie ? demanda le colonel en ôtant son gant de protection.

— Pas de trous dans la haie, colonel.

— C'est bien. Rompez.

Jean-Didier s'inclina.

— Merci, colonel. Je vous souhaite une bonne journée, colonel.

Mais le colonel poussait déjà les roues de sa chaise pour aller récupérer son projectile et ne répondit pas. Il passait ses soirées à fabriquer des flèches avec du bois de sapin sur lesquelles il fixait des pointes cylindriques ou triangulaires et un empennage en plumes de dinde. C'était un passionné ! Outre les arcs, il collectionnait les arbalètes et les vieilles pétoires : il avait quelques arquebuses à rouet sur lesquelles n'aurait pas craché un musée historique, ainsi qu'un mousquet italien à double feu, et même une scopette du XVe siècle qui ressemblait à un vieux tromblon. Sans compter les pistolets d'anthologie : Mannlicher 1903, Bergmann 1910, Tokarev soviétique de la grande époque, Colt 45 1911, Mauser 7,63 mm modèle 1899 ! Une collection pour le seul amour de l'art.

Pour les choses sérieuses, il avait un revolver Smith & Wesson calibre 38 planqué sous son oreiller et un Colt Python maousse attaché sous le siège de sa chaise roulante. Quand il voyait une ombre approcher ou entendait un bruit suspect, il dégainait le Colt. Tout le monde dans le pays avait pris l'habitude de se présenter à haute et intelligible voix en pénétrant chez lui.

Jean-Didier passa à la cuisine boire un verre d'eau, prit le sac en plastique rempli de déchets, qu'il déposa dans la poubelle de la voirie, et s'engagea sur le chemin du village, son taille-haie à la main.

Quelques centaines de mètres plus bas, c'était bien le père Schmidt qui taillait ses buissons. En équilibre instable sur l'escabeau, il avait l'air d'un tailleur du dimanche. Jean-Didier le salua d'un petit signe de la main auquel le vieil homme répondit en levant brièvement son outil. Il travaillait comme un cochon, au jugé, sans cordeau, négligeant les arcs de cercle ! Jean-Didier était écœuré. Cet immigré alsacien avait traversé le col de Bussang trente ans auparavant et s'était installé dans la vallée, sans perdre pour autant son accent et ses mœurs charcutières.

À la sortie du hameau de la Croix-aux-Mines, Jean-Didier quitta la route pour s'engager sur un petit sentier qui contournait Saint-Pierre-aux-Puces, plongeant dans une tourbière. Les nuages s'étaient ouverts, laissant percer un rayon de soleil. Le vallon marécageux était cerné par les épicéas, parsemé de bouleaux nains, de saules et d'airelles rouges. Le sentier contournait le marais. Malheur à l'idiot qui voulait couper par le centre ! Les tourbes vous suçaient les chevilles. On racontait qu'au temps des Suédois une jeune fille tragique s'était laissé engloutir pour éviter le mariage.

Arrivé à un pré à vaches qui formait une minuscule colline, il le coupa par le milieu pour rejoindre un autre sentier en bordure de forêt. Il avait hésité à passer par le village pour aller boire un coup chez Pierrot mais son frère lui avait laissé un message plus tôt dans la matinée : « Dépêche-toi de rentré. Urgend. »

Que lui voulait-il, ce grand con ? Ça, pour donner des ordres, il était fort ! Mais pour ce qui était de se remuer les fesses à chercher du boulot, il n'y avait plus personne.

Jean-Didier vivait avec son frère aîné Jean-Maurice, dit Jean-Mo, et son petit frère Jean-Jean, dans la ferme familiale adossée à la forêt. Depuis la mort de leurs parents, ils n'avaient plus de vaches et n'exerçaient plus aucune activité agricole ni commerciale, Jean-Mo ayant refusé de continuer à faire vivre l'auberge, ce qui, au prix du lait, était la seule manière de survivre. « Je ne suis pas un larbin comme toi, disait-il à Jean-Didier. Moi j'ambitionne. » La bonne blague ! Il passait ses journées à roupiller et à boire des boîtes de bière et n'était même pas capable de couper du bois quand arrivait l'hiver.

Quant au benjamin, c'était un poète. Il jouait au piano, rêvait d'îles tropicales abandonnées recouvertes de crabes rouges que la saison des pluies faisait sortir de leurs trous pour regagner la mer et lâcher leurs œufs noirs dans les flots tumultueux avant la nouvelle lune. C'est peu dire que Jean-Didier en avait marre. Lui bossait pendant ce temps ! Il taillait les haies, s'occupait des jardins, réparait les clôtures, déblayait les routes, l'hiver, avec le tracteur, faisait même le tour des petites vieilles du canton pour leur débiter en bûchettes de 20 centimètres le bois qu'elles se faisaient livrer et qui ne rentrait pas dans les petits poêles dont elles étaient encore toutes équipées.

Du sentier, il gagna par un taillis de châtaigniers le chemin de terre qui menait à la ferme. La cour était jonchée d'immondices. La clôture en bois qui entourait la propriété était affaissée à plusieurs endroits, les planches pourries se détachaient et pendouillaient. Sous le grand sapin blanc, à la limite de la cour et du grand pré, au milieu d'un grillage métallique à mailles hexagonales, une carcasse de Simca 1000 avait pris souche. La peinture avait pelé, la portière droite était ouverte, figée, les jantes étaient envahies de mousse et de fougères, les vitres brisées, les sièges éventrés et brûlés par la fiente ; c'était la demeure des poules.

Sur le mur à côté de la porte d'entrée, la mobylette de Jean-Mo. Jean-Didier contourna le bâtiment et entra par l'étable. Il y avait stocké une vingtaine de balles de foin fauchées sur le grand pré, en attendant que ceux du poney club viennent les chercher. Avec la sécheresse en plaine, le prix du fourrage flambait. 140 euros la tonne ! Il traversa l'étable, déposa son taille-haie le long du mur, longea l'ancienne fromagerie et pénétra dans l'immense cuisine.

Jean-Mo était à genoux devant une carcasse de scooter, une clé à molette à la main, des outils éparpillés autour de lui. Dans cette ferme, il y avait une étable, une cour et même une grange avec un établi mais il fallait que ce collectionneur de crottes de souris bricole dans la pièce à vivre ! Trois mois auparavant, Jean-Didier avait glissé sur une flaque d'huile et failli se péter le crâne contre le fourneau. Jean-Jean était assis sur la banquette sous la fenêtre et fumait sa pipe.

— Salut M'mo, salut Jean-Jean.

— Salut, répondirent les deux frères.

Jean-Didier s'assit autour de la grande table en chêne.

— Alors ?

— Alors quoi ? répondit Jean-Mo.

— T'as pas un truc à me dire ?

Jean-Mo fronça les sourcils. Jean-Didier n'en revenait pas. Ce trognon de chou l'avait fait cavaler pour rentrer !

Jean-Jean toussa.

— Mais si, Momo, tu sais bien, rapport à l'Américaine...

— Quelle Américaine ? demanda Jean-Didier.

Jean-Mo se tapa le front en rigolant, se tartinant d'huile au passage. Il se leva, s'essuya les mains sur sa salopette.

— J'avais la tête à ma bécane, dit-il. Quand je fais un truc, je me donne à fond.

Jean-Didier leva les yeux au ciel. Jean-Mo tira une chaise et s'assit en face de son frère.

— Alors ?

Jean-Mo se releva aussi sec, prit un journal qui traînait sur le buffet, le déplia et le posa devant Jean-Didier. Il se rassit en souriant et mit le doigt sur un article. Jean-Didier regarda la photo d'une belle jeune fille aux longs cheveux noirs et lut le titre : « Samantha-Sun Lopez invitée au salon du livre d'Épinal. » Il releva les yeux mais Jean-Mo lui fit signe de continuer. Il lut le chapeau de l'article :

« La célèbre chanteuse américaine aux millions de livres vendus est l'invitée exceptionnelle du salon du livre qui se tiendra dans la capitale vosgienne à partir de vendredi prochain. Un événement à ne pas rater. » Jean-Didier soupira. Il détestait les énigmes.

— Tu t'intéresses à la culture ?

Jean-Mo riait franchement à présent. Il se frottait les mains. Il se leva à nouveau et se mit à faire le babouin. Il déambulait d'un bout à l'autre de la pièce en se battant la poitrine et en poussant des petits cris perçants. C'est ainsi qu'il exprimait sa joie. Il passa devant le frigo, prit une bière et revint s'asseoir en tirant la languette de la boîte. Il but une longue gorgée, reposa son doigt sur la photo, s'essuya la moustache d'un revers de l'autre main.

— Samantha-Sun Lopez. Des millions de livres. Ça te dit quoi ?

Jean-Didier le regardait en silence. Il se leva à son tour pour se chercher une bière, en proposa une au petit frère qui refusa, revint s'asseoir.

— Qu'est-ce que tu veux que ça me dise. J'en ai rien à foutre, c'est tout.

Il décapsula sa bière à son tour, aspira la mousse.

— Haha, il en a rien à foutre ! T'entends ça, Jean-Jean, il en a rien à foutre ! Des millions de livres !

Toi qu'es intello, dis-lui voir un peu combien coûte un livre...

— Environ 20 euros, répondit Jean-Jean.

— 20 euros le livre, t'entends ça, fermier à poux ? Et 20 euros multipliés par des millions, ça fait combien à ton avis ?

— Toujours des millions, répondit Jean-Didier.

— Correct. Cette Samantha-Sun Lopez est donc millionnaire. CQFD.

Jean-Didier but une gorgée de bière. Il n'osait imaginer ce que ce cervelas avait dans le crâne.

— Donc, si je récapitule, tu m'as demandé de rentrer dare-dare pour m'annoncer qu'une chanteuse américaine invitée au salon du livre d'Épinal la semaine prochaine est millionnaire, c'est ça ?

— Correct.

— Tu veux te faire dédicacer un livre ?

— Ouah, haha ! Ouh-ouh-ouh !

Il se grattait le sommet du crâne, sautillait sur sa chaise, recommençait à faire le chimpanzé.

— Lui demander des conseils d'écriture ?

— Oh ! Hihi ! hoho-ho ! kwak ! kwak !

— Abrège alors.

Il redevint sérieux.

— Je veux la kidnapper.

Jean-Didier posa son regard sur Jean-Jean qui

débourrait sa pipe dans le cendrier, puis sur la photo de Samantha-Sun Lopez, puis sur Jean-Mo.

— Tu veux la kidnapper…

— Oui, monsieur. La kidnapper contre rançon.

Il se redressa, balança sa boîte vide contre le mur, leva les bras au ciel.

— La kidnapper contre une putain d'énorme rançon de nom de Dieu ! gueula-t-il. Hahaha ! Ouh-ouh-ouh !

Il bondissait comme un débile, se prit les pieds dans sa carcasse de scooter et s'étala de tout son long. Jean-Didier se leva de sa chaise, ramassa la boîte de bière vide et la jeta à la poubelle. Jean-Mo était couché sur le dos et souriait aux anges, palpant des billets imaginaires.

— Donc, tu veux la kidnapper, récapitula Jean-Didier. Et il en pense quoi, Jean-Jean ?

Jean-Jean haussa les épaules.

— Ça ferait un peu de fraîche…

— Ben voyons.

Son rêve, c'était d'ouvrir un palace sur une île privée pour milliardaires. Il en avait repéré une à vendre sur Internet pour 16 millions dans les Caraïbes, avait dessiné les plans de l'hôtel avec ses trois piscines, sa piste d'hélicoptère et sa marina. Il avait même réalisé un business plan avec étude de marché, stratégie marketing et bilan prévisionnel. Jean-Mo avait dû lui faire miroiter une bonne zozotte pour démarrer son affaire.

— Bon, ben, c'est parfait. Il me reste à surveiller le journal, dit Jean-Didier en se rasseyant.

— Pourquoi que tu veux surveiller le journal ? demanda Jean-Mo.

— Pour ne pas rater l'article qui racontera comment deux blaireaux des montagnes se sont retrouvés derrière les barreaux de Maxéville pour avoir voulu kidnapper une fille qui doit se balader en permanence avec deux gardes du corps.

Jean-Mo se releva et revint s'asseoir en face de son frère en le pointant du doigt.

— Pas con, l'histoire des gardes du corps… pas con du tout, ma parole… si, si, je t'assure… sauf que j'y avais pensé avant toi.

— Parce qu'en plus tu réfléchis ?

— Oh oui, je réfléchis… et pas qu'un peu ! Figure-toi qu'y en a là-dedans… (Il se touchait le front à l'endroit de la tache d'huile.) Alors, imaginons qu'elle a des gardes du corps, un, deux, trois, quatre, dix, cent gardes du corps ! Elle signe ses livres, les colosses sont derrière elle, autour d'elle, partout les colosses, impossible de la kidnapper, pas vrai ? Seulement, y a bien un moment où elle va se séparer de ses gardes du corps, qu'est-ce que t'en dis ? Et c'est quand qu'elle va se séparer de ses gardes du corps à ton avis ?

Il claqua des doigts et, dans un geste de danseur disco des années 1980, pointa son index sur Jean-Jean tout en continuant à fixer Jean-Didier.

— Quand elle ira faire pipi, répondit Jean-Jean.

— Et voilà, reprit Jean-Mo en relevant le menton comme Mussolini. Quand-elle-ira-faire-pipi. Tout est là.

Il était fier !

— Et il se trouve que Jean-Jean qui connaît les lieux où se passe le salon a quelque chose à dire sur le sujet. Pas vrai Jean-Jean ?

— Les toilettes sont au bout d'un couloir, juste à côté d'une sortie de secours, récita Jean-Jean.

— *Juste à côté d'une sortie de secours*, répéta Momo. T'as pigé ?

— Et si elle ne va pas faire pipi ?

— Tout le monde va faire pipi, même les écrivains millionnaires. C'est ça l'astuce.

— Je vois.

— Alors ? J'ai dit ou j'ai pas dit qu'y en a là-dedans !

Il éclata de rire. Jean-Didier se leva.

— Bon, ben, c'est super, les frangins. C'est pas

tout mais je dois rappeler le poney club pour le foin…

— Le foin… Non mais le foin… laisse tomber le foin, nom de Dieu ! Je lui propose d'être millionnaire et il répond le « foin » ! En fait, il faudrait que tu nous files un petit coup de main… J'ai fait une liste de ce qu'on a besoin et il nous manque un truc.

Jean-Mo sortit une feuille de sa poche et la déplia. « Matériel qu'on a besoin pour enlever Samantha-Sun Lopez », était-il inscrit au feutre noir d'une écriture enfantine. (Au moins l'enquête sera vite bouclée, pensa Jean-Didier.) En dessous, il y avait une liste : 1) un mouchoir en tissu ; 2) une petite bouteille de chloroforme ; 3) trois cagoules ; 4) une voiture.

— Pourquoi trois cagoules ? demanda Jean-Didier

— Pour pas qu'elle reconnaisse nos visages, gueule de fesse.

— Pourquoi *trois* ?

Jean-Mo eut un sourire idiot.

— C'est-à-dire que… on se disait que… un, deux, trois, quoi. La famille.

— La famille.

— Voilà, c'est ça. La famille. Trois parts égales. Fini le foin !

— Et c'est quoi qui te manque ?

— Ben justement, on pensait avec Jean-Jean…

pour y aller et revenir, tu vois... au pire y a la mobylette, mais bon... on se disait que peut-être... si t'empruntais la bagnole au colonel...

— Tu veux que j'emprunte la bagnole du colonel pour aller kidnapper une millionnaire américaine ?

— C'est-à-dire, t'es pas obligé de lui dire pourquoi tu l'empruntes... pas vrai Jean-Jean ?

— Pas obligé, répondit Jean-Jean.

Jean-Didier soupira. Il imagina les deux crétins sur leur mobylette avec une fille chloroformée à l'arrière. Mieux valait leur filer le train pour éviter qu'ils ne déconnent complètement.

— OK, je lui demanderai.

— Ça, c'est causé ! gueula Jean-Mo.

Il se leva, tapa dans le dos de son frère et chercha une nouvelle bière au frigo. Il la décapsula d'un geste vif et, debout au milieu de la cuisine, tendit la boîte qui dégueulait de mousse.

— À la santé des frères Grosdidier, ces sacrés millionnaires !

III

Saint-Pierre-aux-Puces était un petit bourg d'un peu plus de mille cinq cents habitants, niché dans la vallée de la Moselotte, à une cinquantaine de kilomètres au sud-est d'Épinal en direction de Mulhouse, à 15 kilomètres du col d'Oderen qui marquait la frontière avec l'Alsace. Il était situé à 580 mètres d'altitude, entouré de sommets couverts de résineux. La commune était vaste : 60 kilomètres carrés. Elle s'étendait du Pré-aux-Dames, à 450 mètres, jusqu'au Grand Ventron, qui s'élevait à 1 200 mètres.

En provenance de La Bresse, la Moselotte serpentait du nord au sud, effectuait un petit virage juste avant le village, traversait celui-ci en ligne droite puis obliquait vers l'ouest à sa sortie, où elle se gonflait de deux affluents, après s'être abreuvée de nombreux rus (que l'on appelait ici des « gouttes »).

La rivière continuait ensuite son cours pour se jeter vers Remiremont dans la Moselle, laquelle filait vers la plaine où elle effectuait sa fameuse boucle avant de gagner l'Allemagne et Coblence et de se donner enfin au grand Rhin.

La Moselotte était un cours d'eau vigoureux, riche en truites. C'est au bord de cette rivière qu'au milieu du XIXe siècle un fils de fermier avait réussi pour la première fois en France à faire féconder artificiellement des œufs de truite. Après les avoir observées pendant des années, il avait constaté que les femelles se frottaient le ventre quand elles étaient sur le point de pondre. Il en a chopé une, l'a serrée un peu : des œufs mûrs sont sortis. Il a chopé un mâle, l'a serré à son tour : la laitance est sortie. Il a mélangé les deux sauces dans une boîte en fer-blanc percée de trous et les œufs se sont transformés en petites truites. Il y a des gens malins pour qui tout paraît simple. Il venait d'inventer la pisciculture.

Au printemps, la Moselotte sortait parfois de son lit aux endroits où son bassin était le plus étroit. Elle inondait les prés, les champs et la forêt, rarement les villages. Ce qui frappait, quand on remontait son cours, c'était l'alternance de coins sauvages et de ruines industrielles. Il y avait eu des dizaines de filatures et de tissages dans la vallée, comme dans la plupart des vallées des Vosges du Sud. Les usines s'étaient installées à la place des forges à la fin du XVIIIe siècle, profitant de l'énergie des barrages hydrauliques. Pendant deux cents ans, on avait fabriqué ici des millions de calicots et de jaconas, de basins et de percales, de damassés et de jacquards ! Pendant que les maris bûcheronnaient, les femmes faisaient dans la dentelle.

Et puis la libération des échanges commerciaux avait décimé l'activité en quelques décennies. Il restait un ou deux tissages vers Saulxures, reconvertis dans la lingerie de luxe, mais la plupart des usines avaient fermé ; elles étaient tombées en ruine, certaines avaient été rasées, la plus belle avait été transformée en musée. C'étaient des étudiantes en costume d'époque ou des emplois aidés qui actionnaient désormais les métiers à tisser devant les touristes digérant leur repas marcaire. Après, ils iraient voir l'exposition temporaire « L'Inde aux 1 000 couleurs » ou les « Tissus sacrés des Incas » puis achèteraient à la boutique des nappes, des torchons et des mouchoirs fabriqués à Gérardmer (en attendant que le site ferme à son tour : on commandera les mouchoirs vosgiens directement aux Chinois).

Depuis quelques années, le musée proposait une randonnée éducative, entre mai et septembre :

11 kilomètres « à la découverte des savoir-faire d'hier et d'aujourd'hui » avec un questionnaire ludique distribué aux enfants. Certains ouvriers-paysans ayant travaillé à l'usine jusqu'au début des années 2000 crachaient par terre lorsqu'ils passaient devant le musée.

Textile rétractile, volatil, inutile ! Restait le bois. On le coupait depuis l'Antiquité, il revenait toujours. Il y avait encore deux scieries dans la vallée, dont une à la sortie de Saint-Pierre-aux-Puces, les Établissements Laroque et fils, ainsi qu'une entreprise de construction de charpentes.

Les lacs des barrages hydrauliques avaient été réaménagés à la fin des années 1980. Celui de la Moselotte, en aval de Saint-Pierre, avait été transformé en base de loisirs avec location de pédalos, cours de kayak et camping au bord de l'eau. Depuis quelques années on avait ajouté aux attractions une tyrolienne, un Accrobranche et même une initiation à l'escalade sur un piton rocheux surplombant le lac. À la fin de l'été, le lac était souvent très bas. Les gamins de la vallée allaient en barque à un endroit connu d'eux seuls et plongeaient pour tenter d'apercevoir les ruines d'une ferme qui avait été engloutie par les eaux à la mise en route du barrage. Les plus grands racontaient aux petits qu'un squelette de femme aux longs cheveux verts et flottants était encore dans son fauteuil devant la télé, tété par les poissons.

La commune de Saint-Pierre-aux-Puces était constituée du bourg, d'une dizaine de fermes isolées, du triple de chalets, établis principalement sur les hauteurs, et de trois hameaux. Le lecteur en connaît déjà un, au nord-est en amont du village : la Croix-aux-Mines, où vivaient le colonel et le père Schmidt.

Des gisements d'argent y avaient été exploités jusqu'au XVe siècle et le paysage en gardait des traces, des terrasses allongées formées par l'accumulation des blocs de roche stérile sortis de la mine à l'ancien canal qui alimentait les stations de lavage et de concassage du minerai, aujourd'hui un petit sentier dans la forêt qui rejoignait la Moselotte. Le réseau de galeries courait sur 7 kilomètres dans la montagne, avec un dénivelé de 260 mètres !

Dans les années 1970, le Bureau de recherches géologiques et minières avait effectué une campagne de sondages pour voir s'il restait quelque chose à gratter dans les entrailles de granit. Il avait conclu que les anciens avaient tout raflé. Des entrées de mine existaient encore dans la forêt, cachées dans les roches et les taillis, connues de quelques initiés. Un seul porche subsistait : les premiers mètres souterrains s'étaient boisés, ce qui avait évité l'effondrement. Il se trouvait au fond du jardin du colonel.

Plus au sud, mais toujours à l'est du bourg, il y avait un autre hameau au drôle de nom, formé d'une quinzaine de maisons : la Pierre-qui-Pisse. La pierre en question était un menhir de 3 mètres de haut datant du IIIe millénaire av. J.-C. La légende prétendait que Jules César, en route pour la conquête de l'Alsace, s'y était arrêté pour épancher un besoin naturel. Pourquoi la Pierre-qui-Pisse et non la Pierre-sur-laquelle-on-a-pissé ? Mystère de l'Histoire.

Un érudit natif du village, Émile Demange, avait du reste prétendu dans une petite étude publiée dans le bulletin de la Société philomatique vosgienne daté de 1898 qu'il était fort peu probable que César se fût arrêté à cet endroit précis car il était entré en Alsace par le col de Bussang, à quelques kilomètres au sud, en suivant la route de ce qui deviendrait quelques siècles plus tard l'axe lotharingien suprême, à la croisée des mondes roman et germanique, reliant la Champagne, Paris et les Flandres à Bâle, Milan et l'Italie, l'actuelle N66. « Pourquoi Jules César eût-il fait un détour par la vallée de la Moselotte que les sources ne mentionnent pas et que rien ne justifie ? » avait-il fait remarquer. L'article avait fait scandale au village. Le maire de l'époque avait traité publiquement Émile Demange d'Indien à plumes, lequel l'avait qualifié en retour de mythologue. On avait failli en venir au duel. D'ailleurs, l'article n'avait rien changé à l'opinion des villageois : Jules César avait pissé sur ce menhir, point final.

La Pierre-qui-Pisse était le quartier « chic » de Saint-Pierre-aux-Puces. Le vieux Marcel Laroque, patron des Établissements Laroque et fils et maire inamovible du village depuis vingt-cinq ans, y avait sa belle villa néoclassique de style italien située juste en face du menhir. Le portail tarabiscoté était encadré de deux colonnes surmontées chacune d'un lion assis en pierre acheté 149,99 euros pièce par sa femme au Jardiland de Sierentz, près de Mulhouse (tarif promotionnel). Une telle ostentation avait commencé par déplaire et l'on avait bombardé plusieurs fois de nuit ses lions d'œufs pourris avant de s'habituer.

Sa femme avait hérité du surnom de « Vénitienne », ce qui du reste lui convenait parfaitement, elle qui était fille d'un pharmacien de Raon-l'Étape, mais qui affichait volontiers des ancêtres italiens prestigieux (dont une Médicis, carrément).

Le jardin du maire était entretenu par Jean-Didier Grosdidier mais ce dernier se jurait régulièrement de mettre fin à cette collaboration pénible car non seulement le maire tenait à déclarer son salaire, mais la Vénitienne était tout le temps sur son dos à le surveiller, à lui donner des ordres et des contrordres, à l'engueuler pour un rien. À deux ou trois reprises, elle lui avait fait des propositions désespérément explicites mais par pudeur, peut-être par honte, il n'en avait jamais parlé à personne (pour être honnête, il l'avait sautée un jour de pluie dans le cagibi où étaient rangés les outils de jardinage : la chair est faible, hélas).

La Vénitienne avait convaincu son mari de faire creuser une piscine derrière la maison, une des seules du canton. Les bonnes années, on pouvait s'y baigner du 15 juillet au 15 août, période que les Laroque passaient en villégiature sur la Côte d'Azur. Au fond du jardin se trouvait l'enclos de Gringalet, le vieux poney nain de leur fils unique, Arnaud, lequel était malheureusement simplet, ce qui chagrinait le vieux Marcel. Celui-ci aurait en effet ardemment souhaité que son fils lui succédât à la scierie mais c'eût été condamner l'entreprise à une faillite immédiate, comme on le comprendra tantôt.

Le dernier hameau, que l'on appelait le hameau du Petit-Moulin, était situé rive droite de la Moselotte, au bord de la rivière. Il était constitué d'à peine sept maisons, dont une abandonnée, ainsi que d'un ancien moulin à farine à l'arrêt depuis près d'un demi-siècle, sa roue se décomposant lentement et servant de nichoir à mésanges dans sa partie supérieure. Le hameau était la propriété d'une seule famille : les Bader, des « cas soc' » qui vivaient d'allocations, de récupération et de combines diverses.

Ils y tenaient encore l'auberge de la Moselotte mais celle-ci n'avait plus de clients, hormis quelques voyageurs de commerce égarés à qui l'on servait du civet de ragondin en guise de lièvre, ainsi qu'un picrate au goût de pétrole (du genre que l'on n'ose même plus exporter en Angleterre) que les truands n'hésitaient pas à transvaser, via un entonnoir à huile, dans des bouteilles de bordeaux premier cru, le tout à des tarifs qui laissaient le client littéralement sonné.

Les jardins de toutes les maisons étaient des décharges où s'entassaient des carcasses de bagnoles, des planches, des frigos, des fours à micro-onde, tout un matériel de récup que les cinq frères Bader rapportaient des quatre coins du département pour les réparer et les revendre ; et ils ne faisaient naturellement ni l'un ni l'autre.

Deux ans auparavant, le maire leur avait proposé de faire restaurer la maison abandonnée aux frais de la commune, d'y loger une famille de migrants et de leur verser un loyer mais il avait très vite dû renoncer à son projet : Robert Bader, dit Bobby la Poire, le fils aîné, était entré dans la salle du conseil municipal avec son vieux fusil de chasse à double canon scié et avait dégommé le buste en plâtre de Marianne avant d'être maîtrisé. Il avait écopé d'un mois de prison. Buté, violent et paranoïaque, il avait 50 ans (12 ans d'âge mental) et son idole était Rambo, dont il se vantait d'avoir vu les films plus de cent fois chacun. Il était sempiternellement vêtu d'un treillis militaire et d'un marcel en été, sur lequel il passait une épaisse chemise de bûcheron dès les premiers frimas, un bandana sur le front retenant les quelques cheveux sales et mi-longs épargnés par sa calvitie. Il était très fier de ses muscles, marchait la poitrine gonflée et les bras repliés le long du corps de manière à faire saillir les biceps. Peu porté sur la discussion, Bobby n'avait qu'un unique argument : son fusil, dont il se saisissait à la moindre contrariété.

On disait que sa fille de 22 ans, Kelly Bader, se vendait aux bûcherons dans la forêt avec la bénédiction de son père. Vrai ou faux, personne ne s'en vantait bien sûr. Il avait quatre frères et deux sœurs, tous plus ou moins débiles, et une vieille mère que tout le monde fuyait quand elle venait au village car elle puait comme trente-six cochons. C'est elle qui cuisinait à l'auberge. Quant à son père, le vieux Johnny, il était complètement gâteux, passant son temps assis sur une chaise devant la porte à regarder dans le vide. Parfois sa femme oubliait de le rentrer et il restait la nuit dehors à grelotter. Certains prédisaient qu'il finirait bouffé par les blaireaux.

La famille Bader laissait proliférer les chats qui se multipliaient comme des lapins, retournaient à l'état sauvage et faisaient des dégâts dans la forêt. Malgré l'interdiction, les chasseurs ne se privaient pas de les tirer, balançant les cadavres dans les jardins du hameau en passant avec leur 4 × 4. Retour à l'envoyeur ! Les chats crevés gonflaient et pourrissaient pendant des semaines à l'air libre sans que l'un des tarés ne songe à les enterrer, ou au moins à les balancer au loin. Bobby la Poire braconnait, c'était de notoriété publique, mais personne n'avait jamais réussi à l'attraper la main dans le sac. Certains chasseurs avaient juré de lui régler son compte s'ils le croisaient avec son fusil dans la forêt.

Dernière nuisance des dégénérés : les fosses septiques. Aucune n'était entretenue et le hameau du Petit-Moulin ainsi que les bois alentour baignaient dans une odeur pestilentielle. Ajoutons à cela que certains membres de cette famille d'épouvante prenaient plaisir à se soulager dans la rivière et l'on comprendra que les habitants de Saint-Pierre-aux-Puces, situé en aval, ne les portaient pas dans leur cœur.

Mais venons-en précisément à Saint-Pierre-aux-Puces, le cœur de la commune. Le bourg comptait mille cinq cents habitants, deux fois moins qu'au début des années 1970. Il s'étendait le long de la départementale, à cheval sur la Moselotte avec ses quatre ponts, et un petit renflement en son cœur, rive droite, où étaient la mairie, l'église Saint-Pierre, le monument aux morts, La Poste (menaçant de fermer) et une agence du Crédit mutuel : la place du village. Trois rues en partaient, piétonnes depuis une dizaine d'années par décision du maire, où subsistaient quelques magasins de vêtements, une supérette, une droguerie, une pharmacie et une « pizzeria spécialités vosgiennes hamburgers faits maison ».

L'église Saint-Pierre, un peu massive, n'était pas spécialement belle. Elle datait de 1865 et son clocher s'élevait à 60 mètres. Outre le bel orgue qui provenait de la cathédrale de Saint-Dié, un Jaquot-Jeanpierre de Rambervillers, elle abritait une magnifique Vierge à l'Enfant de Bernin connue sous le nom de « Madone des Vosges ». Sur la petite place Émile-Demange (notre érudit anti-César y avait malgré tout sa plaque) se dressait le monument en l'honneur de Notre-Dame-de-la-Paix, érigé au lendemain de la Seconde Guerre mondiale, pour la remercier d'avoir épargné le village de la destruction. Les combats avaient fait rage dans la région, un obus avait traversé le clocher et emporté l'une des quatre cloches, Albertine (que l'on réinstallerait en grande pompe en 1959), mais le village s'en était plutôt bien tiré.

La place de l'église avait été réaménagée en même temps que la piétonnisation des rues ; on avait recouvert le parvis de sept mille pavés de granit, le reste de la place de gravillons, on avait installé des bacs de géraniums, trois bancs publics et une terrasse pour les beaux jours. De l'autre côté de la rue Pierre-Pelot, qui longeait la place de l'église, le patron du café-hôtel-restaurant Au Lion d'Or (tout le monde l'appelait Chez Pierrot) avait en effet obtenu l'autorisation de la dresser ; il serait d'ailleurs plus juste de dire que le maire l'avait fortement incité à le faire car il estimait que quelques parasols colorés sur une petite place fleurie conféraient un petit air d'insouciance susceptible d'attirer le touriste, son obsession.

Pierrot, lui, ça le barbait cette terrasse. Il fallait sortir les tables, les chaises et les parasols, et les rentrer tous les jours, traverser la rue (piétonne, mais quand même) pour servir et débarrasser ; c'était trop pour lui. Il préférait rester derrière son bar avec sa clientèle sans chichi qui ne lui réclamait ni rondelle de citron dans le Perrier, ni jus de fruits pressés, ni boissons extravagantes (l'été dernier, un couple de Belges lui avait demandé s'il faisait des cocktails !). Et puis soyons francs : quand il était rond, c'est-à-dire tous les soirs, il titubait jusqu'à la terrasse et tout le monde se foutait de lui. Si ça n'avait tenu qu'à lui : finie la terrasse, nom de Dieu !

L'entrée principale de l'hôtel donnait sur un couloir sombre et étroit au bout duquel se trouvait la petite réception, à gauche de l'escalier menant aux deux étages et aux six chambres numérotées de 10 à 12 et de 20 à 22. À gauche, une porte donnait sur le café, qui avait également une entrée sur la rue, à droite sur une salle à manger où se prenaient les petits déjeuners et les repas, quand la salle du café était remplie. Celle-ci comportait un beau comptoir en zinc en forme de L et une demi-douzaine de tables en bois de deux ou quatre places, ainsi qu'une sorte d'alcôve au fond de la pièce où l'on avait installé un canapé, deux fauteuils et une table basse.

Pierrot, Pierre Joly de son vrai nom, vivait avec sa mère, Josiane, sa femme, Yvette et sa fille, Lilou, dans la maison collée à l'hôtel-restaurant. Son fils aîné, Jordan, travaillait pour Laroque et avait fait construire sa maison à la sortie du village. Lilou était revenue vivre chez ses parents, « le temps de se refaire ». Son mari l'avait plaquée du jour au lendemain et avait disparu dans la nature, après trois ans de mariage et deux enfants. Elle venait de trouver du travail à Thann, en Alsace, dans un salon de coiffure (L'Hair du temps), et se tapait deux heures de voiture aller-retour au quotidien, sans parler des bouchons de 18 heures dans la vallée de la Thur.

Du coup, Lilou laissait ses enfants à sa mère qui les gardait dans le café ou qui les confiait à sa propre belle-mère quand elle passait en cuisine ou aidait les femmes de chambre à changer les draps. La belle-mère avait pris ses quartiers dans l'alcôve ; elle laissait en permanence traîner ses aiguilles de tricot et ses pelotes de laine sur le canapé, et la table basse était encombrée des jeux et des jouets des petits Matthis et Hugo, âgé de 3 ans et 1 an ½. Depuis peu, on y avait même descendu la cage du hamster. La mère de Pierrot y passait ses journées à tricoter et à somnoler, les enfants échappant régulièrement à sa surveillance et rampant vers le bar où ils se faisaient piétiner par les consommateurs.

D'ailleurs, tiens, ça vient tout juste d'arriver : le petit Hugo hurle soudain. Thierry Marchal, en s'éloignant du bar pour aller aux toilettes, ne l'a pas vu et lui a marché sur la main. Branle-bas de combat ! Yvette, en train d'essuyer des verres derrière le comptoir, se précipite et prend le petit Hugo dans ses bras pour le consoler ; Thierry Marchal se confond en excuses tout en pensant que merde, c'est quand même pas la place d'un môme de ramper sous les comptoirs ; les deux gendarmes qui boivent leur café-mirabelle relativisent, depuis leur table : « Allez, il n'a rien du tout, c'est du chiqué » (du chiqué à 18 mois ? des vrais psychologues, ceux-là) ; Pierrot râle, il sait que sa femme va encore pester contre sa mère, incapable de tenir les mioches. D'ailleurs, la vieille continue de tricoter au fond de la pièce, comme si de rien n'était, et sa femme la fusille du regard. « On ne lui demande pourtant pas grand-chose », dit régulièrement Yvette, qui a pris sa belle-mère en grippe depuis qu'elle s'est installée chez eux. La cohabitation se révèle plus pénible que prévu. « Elle me prendrait pour sa boniche que ça m'étonnerait qu'à moitié », a-t-elle encore persiflé pas plus tard qu'hier soir quand la belle-doche, déjà couchée, lui a réclamé par trois fois sa tisane.

Le jeune Hugo ne pleurait plus et Yvette venait de le déposer sur le canapé à côté de son arrière-grand-mère quand les trois frères Grosdidier pénétrèrent dans le café. Jean-Mo était radieux, la mine épanouie, au contraire de Jean-Didier qui faisait la gueule. Quant à Jean-Jean, il était comme à son habitude, ailleurs, perdu dans ses pensées. Les trois frères s'installèrent au comptoir et commandèrent deux bières et un panaché pour Jean-Jean.

— Alors, t'en as une mine, dit Pierrot à Jean-Mo en posant les boissons. Qu'est-ce qui t'arrive, t'as gagné au loto ?

— Ça m'étonnerait, vu que je joue pas ! répondit Jean-Mo avec hauteur. Je laisse ça à la piétaille. Je compte pas sur la chance pour gagner de l'oseille, moi !

Jean-Didier soupira.

— Et tu comptes sur quoi alors ? Ta force de travail ? demanda Pierrot.

Les gendarmes se fendaient la poire. Jean-Mo se tourna vers eux, sa bière à la main.

— Oh, vous pouvez vous marrer, les harengs. Seulement j'ai dans l'idée que bientôt vous rigolerez moins...

— Tu vas créer ton entreprise ? renchérit un gendarme.

Redoublement du rire.

— Ce que je vais faire, c'est un coup du tonnerre de Dieu mais je peux pas en parler, pas vrai les frangins ?

Jean-Jean acquiesça. À la troisième bière, ce mou du bulbe va tout balancer devant les pandores, pensa Jean-Didier. Jean-Mo poussa le verre vide maculé de mousse vers Pierrot pour qu'il le remplisse à la pompe.

— L'est pas là, le Thierry ? demanda-t-il au moment où celui-ci sortait des toilettes.

— Ah, justement, je te cherchais !

Thierry serra la main des trois frères, reprit sa place au comptoir et recommanda une bière. Il était journaliste à *Vosges Matin*, couvrait la vallée de la Moselotte, qui avait une édition spéciale avec un cahier en propre. Un skatepark venait d'être inauguré à Saulxures, il en revenait. La veille, il avait participé à l'anniversaire d'une pensionnaire de la maison de retraite Les Gentianes de Remiremont, qui fêtait ses 100 ans. Au volant de sa Twingo, il couvrait les commémorations de la vallée, les faits divers, les nuisances liées aux travaux sur les départementales, et ça lui convenait parfaitement.

Il avait fait une partie de sa carrière à Paris en tant que journaliste culturel dans plusieurs hebdomadaires. C'est lors de l'inauguration d'un kiosque éthique et solidaire 100 % recyclé à Stalingrad qu'il avait décidé de foutre le camp après quinze ans de bons et loyaux services. Écrire sur l'ouverture d'une piste « pour les petits et les grands, adeptes de skate, de trottinette ou de roller » ne lui semblait pas plus tarte que les concours « Révèle ton talent » à destination des jeunes qui font bouger l'Île-de-France ou que les journées Burger Day avec la participation du gagnant de « Top Chef ». Bien sûr, ce qu'il écrivait n'était pas tout à fait du niveau d'Albert Londres, mais enfin ça lui permettait de manger et personne ne l'emmerdait.

— Dis-moi, toi qui es dans les écritures, t'aurais pas un dictionnaire d'anglais à me prêter ? lui demanda Jean-Mo.

C'est Jean-Jean qui avait levé le lièvre la veille : « Si elle ne parle pas français, comment on va lui expliquer qu'on réclame une rançon ? » Jean-Mo avait juré en se tapant le front et s'était empressé d'ajouter sur sa feuille un petit 5) : un dictionnaire d'anglais.

— V'là qu'il veut apprendre l'anglais maintenant ! s'exclama Pierrot.

— Et alors ? C'est interdit ? gueula Jean-Mo. C'est la langue internationale, que je sache !

Aucun des trois n'en parlait un mot, pas même Jean-Jean et ses ambitions planétaires.

— Un dictionnaire bilingue ? demanda le journaliste.

— Ça veut dire quoi ?

— Un dictionnaire en anglais ou un dictionnaire français-anglais ?

— Un dictionnaire qui va me donner les mots que je cherche en anglais ! T'as ça ?

— Bien sûr que j'ai ça. Pas de problème. C'est quoi les mots que tu cherches ?

— Des mots, je te dis. Par exemple, tiens, au hasard : « kidnapping ». Tu sais comment on dit ?

— *Kidnapping.*

— Ouais, « kidnapping », note bien que je dis ça au pif. Tu sais comment on dit « kidnapping » ?

— On dit *kidnapping.*

Jean-Mo explosa de rire.

— Ah, ils se sont foulés, les Angliches ! Rien de plus simple que l'anglais, ma parole ! Et « rançon », tu sais comment on dit « rançon » ? Tu vas me dire qu'on dit « rançon » si ça se trouve !

Les pandores se marraient. Jean-Didier n'en revenait pas. Il avait beau connaître la profondeur de la connerie abyssale de son frère, elle réussissait toujours à le surprendre.

— Pas loin. On dit *ransom.*

— Naaaan ! Arrête tes blagues ! *Ransom* ! Haha ! Vous entendez ça, les frangins ! *Ransom* ! Et y a des ahuris qui nous font un foin des langues ! Rien de plus fastoche : *Hello, kidnapping, ransom, in the pocket* ! hahaha !

— Tu veux kidnapper la reine d'Angleterre ? demanda un pandore en pouffant.

Réalisant soudain l'ampleur de sa gaffe, Jean-Mo se figea comme un braque d'Auvergne et redevint sérieux dans la seconde.

— De quoi tu me parles, Jojo ? Moi, kidnapper la reine d'Angleterre ? Va surtout pas te mettre des idées dans le crâne. Je kidnappe personne, moi. Je m'instruis, c'est tout.

Les gendarmes se tapaient la cuisse. Jean-Mo finit sa bière cul sec et demanda à Thierry quand il pouvait récupérer le dico. Le journaliste habitait à deux pas. Il finit sa bière à son tour et lui proposa de venir le prendre tout de suite. Les trois frères et le journaliste sortirent du café en saluant, Pierrot nota leurs consommations sur un petit calepin.

— Sacré Jean-Mo, toujours aussi farfelu, lâcha un gendarme en secouant la tête quand la porte se referma.

Il regarda sa montre.

— Bon, c'est pas tout, on a encore cinq minutes, nous autres. Remets-nous donc une petite mirabelle, patron.

IV

Le salon avait rouvert ses portes à 9 heures ce dimanche matin, qui était l'heure des retraités. Eux seuls étaient présents si tôt derrière leur pile de livres pour signer leurs essais, leurs biographies historiques et leurs polars régionaux à énigmes. Fidèles au poste, en costume de velours, gilet et cravate, ils se donnaient des nouvelles depuis le salon de l'année dernière. Les romanciers nationaux n'émergeraient qu'à partir de 10 heures, quand commençaient débats et conférences, certains, après le déjeuner. Ils arriveraient avec des tronches de déterrés, les cheveux en bataille, les yeux vitreux cachés derrière des lunettes noires, et prendraient place en rang d'oignons derrière leurs livres ou sur l'estrade, d'où ils ne cesseraient de consulter leur téléphone portable pour signifier qu'ils étaient liés à des mondes infiniment plus héroïques et mystérieux.

Retraités aussi du côté du public, essentiellement constitué de pensionnées de l'Éducation nationale, avec ou sans leur mari selon la personnalité de ce dernier, sa capacité de résistance ou son talent de comédien (« Je crois que je couve une méchante grippe et que je ne vais malheureusement pas pouvoir t'accompagner au salon du livre cette année, ma chérie »).

Si les organisateurs avaient été plus au fait des mœurs contemporaines, ils auraient remarqué l'intrusion une par une, une demi-heure après l'ouverture des portes, d'une vingtaine de femmes aux cheveux courts, négligées et vilaines, qui ne correspondaient pas au profil des clientes matutinales et qui erraient de stand en stand en consultant négligemment les quatrièmes de couverture des livres proposés à la vente.

Lorsque peu avant 10 heures Yvon Pottard s'assit à sa place avec sa gueule de bois et son gobelet de café, elles se rassemblèrent devant lui comme un essaim de guêpes, déployèrent en quelques secondes une banderole sur laquelle était écrit « Les mots tuent ! Stop féminicide ! Stop discrimination ! » et se mirent à crier en boucle ces mêmes slogans sous le regard effrayé des retraités.

Pottard devint blanc comme un linge, eut immédiatement envie de pleurer de rage et d'impuissance.

Depuis la parution de son dernier roman, il était régulièrement pris à partie par des féministes intersectionnelles qui lui reprochaient une scène de son livre qu'elles qualifiaient d'incitation au féminicide. Son personnage principal, un écrivain torturé en proie à ses démons, giflait en effet sa compagne après avoir découvert qu'elle le trompait et non seulement n'en manifestait aucun repentir mais annonçait froidement à l'un de ses amis cinq pages plus loin qu'il aurait dû « lui en mettre une deuxième ».

Elles avaient également pointé, dans son œuvre entière cette fois-ci, l'absence de représentation positive des minorités ethniques et sexuelles, « le seul personnage racisé de ses livres étant une serveuse de McDonald's réduite à ses mensurations corporelles », ainsi que l'avait souligné le site « Vagin de combat. Terrassons le racisme, l'homophobie et le patriarcat », qui avait calculé à moins de 1 % la part des minorités ethniques dans l'œuvre de Pottard et à 0 % celle des minorités sexuelles ! « Pas une lesbienne ! Pas un homosexuel ! Pas un trans ! Vous n'avez pas honte ! » l'avait interpellé une militante LGBT lors d'un précédent débat public.

Pottard avait commencé par prendre les choses

de haut avant de remarquer que certains journalistes l'évitaient, que certains organisateurs de salon rechignaient à l'inviter et que son nom avait été cité par *Les Inrocks* dans la liste des écrivains « beaufs et blancs » de la littérature contemporaine. Il glissait comme dans un cauchemar sur un toboggan beurré qui menait directement dans la piscine à merde où croupissaient les salauds.

Il avait décidé de s'excuser auprès de toutes celles qui avaient pu se sentir blessées par la lecture de son roman, mais cela n'avait pas suffi. Il avait annoncé, « après une longue et sincère réflexion », avoir décidé de retirer la scène de la gifle dans la prochaine édition en format poche de son roman, « conscient du caractère déplacé » de ladite scène, en vain. Il avait reconnu que le problème de la visibilité des minorités dans ses romans était une question légitime qu'il n'avait pas assez prise en compte et que sa vision du monde était certainement encore beaucoup trop tributaire de sa condition d'homme blanc, condition et ses privilèges qu'il avait incontestablement trop peu interrogés dans son œuvre, mais il s'était à nouveau fait huer lors d'un précédent salon à Annecy. Il avait fini, fébrile, par dire aux militantes qu'elles se trompaient de combat, qu'il était profondément attaché aux droits des femmes et des minorités, qu'il était avec elles, bon sang ! mais les quolibets ne cessaient pas. Lors d'une signature à la FNAC Montparnasse, une fois de plus interrompue par des lazzis, il avait déclaré, au bord des larmes : « Mais merde, les filles, je suis féministe moi aussi ! » et s'était fait cracher dessus.

Aujourd'hui, il était profondément désespéré, partagé entre l'envie de leur tomber dans les bras et de s'humilier en pleurant toutes les larmes de son corps pour susciter la pitié qu'il réclamait et celle, surgie du fond des âges, archaïque en diable au point qu'elle l'effrayait, de les traiter de sales gouines de merde au gros cul qui foutaient sa vie en l'air !

Les vigiles du salon, bientôt suivis de l'organisatrice, vinrent essayer de mettre fin au scandale en demandant aux militantes de bien vouloir sortir de l'enceinte dédiée à la vente, libres à elles de manifester dehors, bien entendu. Samantha-Sun Lopez allait arriver d'une minute à l'autre, tu parles d'un accueil !

Au regard plein de mépris que lui lança l'organisatrice du salon, l'écrivain comprit que son sort était scellé. En effet, elle vint le voir après le départ des lesbiennes pour lui dire avec des mots choisis que dans un esprit d'apaisement, pour ne pas envenimer les choses, étant donné le quiproquo, en attendant que la situation s'éclaircisse, il valait mieux, etc. Il ne serait plus invité au salon d'Épinal ; il ne serait bientôt plus invité nulle part ailleurs ; il perdrait progressivement ses copains journalistes ; il perdrait ses copains écrivains ; il perdrait les articles dans la presse, les quelques lecteurs qui lui restaient, et puis son éditeur. Pottard serait bientôt partout tricard. Assis derrière sa pile de bouquins, il aperçut Loisel-Monfils passer dans l'allée. Déjà informée de sa mort, elle fit semblant de ne pas le voir. Adieu Pottard, vaincu en s'excusant, sans même rendre un seul coup.

Les frères Grosdidier étaient arrivés au salon au moment où les justicières gomorrhéennes en sortaient avec l'assurance implicite que le coupable serait châtié. C'était la première fois qu'ils mettaient les pieds dans un tel lieu. Jean-Mo regardait autour de lui tel un ravi de la crèche, souriait aux filles assises derrière leur table, qui détournaient la tête ; il prenait les livres des piles, s'en servait pour se ventiler, en avait même reniflé un. Jean-Jean avait repéré un stand « évasion » et s'était assis par terre dans un coin avec un atlas des îles abandonnées qu'il lisait attentivement. Quant à Jean-Didier, s'il ne croyait toujours pas que son frère parviendrait à mener à bien son projet dément, il craignait le scandale et l'humiliation, par lesquels s'achevaient généralement les apparitions publiques du grand con.

Il avait récupéré la voiture la veille chez le colonel, avait mis 15 balles d'essence et était allé se coucher sans dîner. À 8 heures du matin, Jean-Mo avait établi un plan d'action pendant qu'ils prenaient leur petit déjeuner : lui ferait le guet dans le couloir, Jean-Jean attendrait à côté des toilettes et Jean-Didier dans la voiture garée derrière la sortie de secours. Quand Samantha-Sun irait faire pipi, Jean-Mo et Jean-Jean s'approcheraient des toilettes, se masqueraient le visage, la cueilleraient à la sortie et la porteraient dans la voiture que Jean-Didier ferait démarrer. Simple comme bonjour (tellement simple qu'on se demande pourquoi il n'y a pas plus de kidnappings). Il n'y avait eu qu'un seul débat : est-ce qu'on lui laisserait le temps de se laver les mains avant de la kidnapper ? La réponse était non. Elle pourrait toujours se les laver à la ferme.

Le colonel avait demandé à Jean-Didier de lui rapporter deux douzaines de pointes de flèche de l'Archerie des Vosges. Dix minutes après avoir déposé ses frères au salon, il repartit donc en voiture à l'autre bout de la ville. « Je serai de retour dans trois quarts d'heure », promit-il à son frère. Celui-ci s'ennuyait ferme en attendant. Il avait repéré la place à laquelle signerait Samantha-Sun, d'où une longue queue s'était déjà formée. Il avait surtout repéré une buvette au fond de la salle, vers laquelle il se dirigea.

Derrière une vitrine réfrigérée qui faisait office de comptoir, une jeune fille, les jambes croisées, se limait les ongles, perchée sur un haut tabouret rouge. Blanche Wagner avait été envoyée sur le salon par la société de restauration qui l'embauchait pour tenir la buvette, du vendredi soir au dimanche soir. C'était la première année qu'il y avait une buvette digne de ce nom, et non pas seulement un distributeur automatique, mais comme on le sait le salon avait franchi un cap qualitatif.

La jeune fille avait 20 ans, des cheveux blonds coiffés en queue-de-cheval, un joli visage à l'expression un peu boudeuse et un corps magnifique moulé dans un jean et un pull à col roulé noirs. Elle détestait les salons du livre et tous les abrutis qui s'y pavanaient.

Quand elle vit approcher Jean-Mo, elle rangea sa lime, prit un gobelet en carton et le posa machinalement sous la machine à café Nespresso placée à ses côtés, mais Jean-Mo lui commanda une bière. La jeune fille descendit de son tabouret, prit une bouteille de Heineken dans un frigo, la posa sur la vitrine. Teint rubicond et mine réjouie, Jean-Mo se frottait les mains. La jeune fille mit également un verre sur le comptoir mais l'australopithèque avait déjà vissé le goulot de la bouteille dans sa goinfrette.

— C'est sympa ici, affirma-t-il après avoir descendu la moitié de la bouteille en une gorgée.

La jeune fille fit une légère grimace avant de sourire.

— Je suis venu pour voir Samantha-Sun Lopez, continua-t-il. Vous connaissez ?

Le sourire de Blanche devint ironique.

— Il faudrait vivre sur la Lune pour ne pas la connaître, vous ne croyez pas ?

— Pas faux. Et vous savez à quelle heure elle arrive ?

— Elle ne devrait pas tarder.

La jeune serveuse se fit couler un café et se réinstalla sur son tabouret.

— Je peux vous poser une question ? Excusez-moi si je suis franche mais qu'est-ce que vous lui trouvez tous à cette pétasse ? Vous avez lu son livre ? C'est de la merde en barre. Sans compter qu'elle n'en a pas écrit une seule ligne.

Jean-Mo écarquilla les yeux.

— De la merde en barre ?

— Et je suis polie.

Jean-Mo posa sa bouteille vide, en demanda une autre.

— Quand vous dites qu'elle n'a pas écrit une ligne…

La jeune fille leva les yeux au ciel, redescendit de son tabouret, prit une bouteille de bière dans le frigo et la tendit à Jean-Mo.

— Pas une ligne. C'est un coup de son éditeur. Elle s'est contentée de signer et de faire la promo…

— Ah bon ? Ça alors…

Il était soudain contrarié, se mit à réfléchir d'un air grave.

— Mais le pognon du livre, c'est bien elle qui le touche ? demanda-t-il au bout d'une minute.

La jeune fille éclata de rire.

— Vous avez tout compris !

Il rigola à son tour, rassuré.

— Du moment que c'est elle qui touche, on s'en fout qui a écrit le livre ! affirma-t-il joyeusement.

— Ce n'est pas tout à fait comme ça que je vois les choses, répondit la jeune fille. Pour moi, c'est de l'arnaque, c'est tout. De la dégueulasserie cynique à l'état pur…

Un brouhaha monta de l'entrée du salon.

— Tiens, quand on parle du loup… ajouta-t-elle avec mépris.

Samantha-Sun Lopez venait d'entrer dans la grande salle. Elle était accompagnée de la présidente de l'association Des livres et des rêves, mais aussi du maire de la ville et de son adjoint à la culture, du préfet, de deux conseillers généraux et d'un tas de notables qui formaient une grappe autour d'elle de manière à figurer sur les photos que prenaient frénétiquement trois journalistes leur ouvrant le chemin.

Le maire guidait Samantha-Sun par le bras, la gratifiant de divers commentaires dans un anglais d'épouvante. Pharmacien de son état, il se découvrait sur le tard un goût pour la littérature qu'il avait tenue jusqu'alors pour une activité mineure, voire un brin délétère.

Samantha-Sun souriait à la cantonade, saluait son public de la main comme la reine d'Angleterre, et déjà quelques fans se frayaient un passage pour lui réclamer un autographe, ce dont elle s'acquittait avec une vitesse et un professionnalisme qui forçaient le respect des officiels.

Elle avait des cheveux mi-longs noirs et brillants, des yeux verts, les lèvres pulpeuses d'un rouge carmin ; elle portait une robe, rouge également, très largement fendue à la cuisse, avec un décolleté en dentelle aussi profond que la fosse des Mariannes (10 971 mètres) dans lequel étaient nichés deux seins lourds et massifs qui semblaient vouloir jaillir du corsage à chacun de ses pas. Et elle roulait du cul, la salope ! Tout là-haut sur ses talons aiguilles ! Les pépés qui l'entouraient étaient à la limite de l'apoplexie. Ils jouaient les décontractés, souriaient d'un air de dire « Bah, j'ai la même à la maison » mais ne rataient rien de la cuisse qui se dévoilait furtivement, du haut de son bas tenu par une jarretelle, de ce contour du sein, de ce tremblement si fragile, de ce galbe si parfait qui attirait le regard et ne voulait plus le lâcher, qui rendait fou. Ils avaient la bouche sèche, la sueur aux tempes ; ils étaient rouges, les crocodiles, des vraies chaudières : cocotte-minute bientôt siffler. Un peu plus et la fumée leur sortait des oreilles !

Le conseiller Simonet avait envie de pleurer. Après une dure vie de labeur, il venait de comprendre qu'il sacrifierait ce qu'il avait de plus cher au monde pour une heure passée avec la créature. Une demi-heure ! Des pensées sauvages lui traversaient l'esprit, qu'il n'arrivait pas à maîtriser, et qui lui faisaient honte ; des images abjectes lui rongeaient le cerveau comme un poison, lui causant des bouffées de chaleur. C'est avec violence qu'il l'aurait prise, merde, tout arracher, cogner, et han, et han ! Lui, le conseiller Simonet ! Gérant d'International Déco, fierté du canton de Neufchâteau ! Commerce en gros d'appareils sanitaires et de produits de décoration pour les entreprises ! Mari exemplaire et père de quatre enfants ! Une idée l'obsédait, attaquait sa conscience, submergeait toutes les digues : s'épile-t-elle le sexe ? Oh, bon Dieu ! Il aurait tué pour le savoir ! Tué !

(Une semaine plus tard, cette question lui reviendrait subitement à l'esprit lors d'un affût au sanglier. Il hurlerait comme un damné en donnant des coups de tête à un tronc d'arbre avant de rentrer chez lui sanguinolent et de demander à se faire interner quelques jours à la clinique des Jonquilles pour un burn-out.)

En attendant, on ne voyait qu'elle, plus rien n'existait qu'elle, la littérature n'était plus qu'elle. Samantha-Sun s'installa à sa place, derrière une grande affiche reproduisant la couverture de son livre (*Il y a des matins où je ne voulais pas me réveiller*) la représentant allongée sur une plage de sable fin en maillot de bain deux pièces, la moitié du corps dans l'eau, avec un chapeau de paille, et une marguerite à la bouche. Le marathon commença.

Si elle n'avait pas de gardes du corps (bravo à la perspicacité des frères Grosdidier), elle avait une secrétaire qui avait expliqué aux organisateurs la manière de procéder pour gagner du temps. Une apprentie libraire ferait inscrire sur un bout de papier, en lettres majuscules, le prénom de ceux qui souhaitaient une dédicace (interdiction d'apporter son propre livre), elle le remettrait à la secrétaire qui vérifierait, lorsque ce serait son tour, que la personne correspondait bien au prénom, puis la secrétaire poserait le papier à côté de Samantha-Sun qui le recopierait sur la page de garde avec le mot « Besos » et sa signature stylisée : moins de cinq secondes par client (ce qui n'empêcherait pas, bien sûr, que les Marie-Pierre deviennent des Marie-Piere, les Caroline, des Carolyne et les Olivier, des Oliver ; ce qui n'empêcherait pas non plus les abrutis ayant patienté une heure et demie, sans un regard de leur idole, leur nom écorché dans une dédicace industrielle, d'être parfaitement heureux !).

Jean-Mo avait suivi l'entrée en fanfare de Samantha-Sun depuis la buvette, où il avait éclusé trois bières, n'écoutant que d'une oreille distraite les sarcasmes de la jeune serveuse. Il était passé en mode « boulot » ! Il régla ses consommations, salua poliment Blanche Wagner et se rapprocha de la star pour l'observer de plus près, puis il partit à la recherche de son frère qu'il trouva assis par terre, au même endroit en train de lire son atlas des îles abandonnées. Lui n'avait rien vu, rien entendu de l'agitation causée par l'arrivée de la star. Il était dans ses îles Cocos avec ses crabes et ses palmiers, le clapotis des vagues mourant sur la plage.

Jean-Mo le tira de ses rêveries et l'entraîna dans le couloir menant aux toilettes d'où il envoya un SMS à Jean-Didier pour lui dire de se magner le train. Si Samantha-Sun décidait d'aller faire pipi maintenant, leur plan était fichu ! Heureusement, Jean-Didier arriva cinq minutes plus tard, gara la voiture juste derrière la sortie de secours, comme convenu, et envoya un SMS à son frère aîné. Jean-Jean s'était posté devant la porte et Jean-Mo au bout du couloir, un œil sur le salon. L'équipe était en place pour le casse du siècle.

Dans la voiture, Jean-Didier tapotait nerveusement le volant de ses doigts en regardant sa montre toutes les cinq minutes. Il pestait, envoyait des messages à son frère pour lui demander combien de temps dureraient les conneries. Il ne fumait pratiquement plus depuis trois ans mais avait acheté un paquet de cigarettes au tabac à côté de l'archerie et s'en alluma une. Il s'attendait d'une minute à l'autre à voir les vigiles expulser du salon à coups de pompe dans le cul les deux frangins pour avoir molesté l'Américaine à sa sortie des toilettes. Tout ce qu'il espérait, c'est que Jean-Mo ne leur cogne pas dessus.

Peu avant le rush de midi, la ravissante Blanche profita d'un moment calme pour se rendre aux toilettes. Elle posa un carton sur la vitrine réfrigérée, « Retour dans cinq minutes », ignorant qu'elle ne reviendrait plus à son poste, ni dans cinq minutes, ni dans une heure, ni jamais, ce dont les organisateurs du salon seraient bien embêtés.

Jean-Mo avait vu deux jeunes et jolies filles dans ce salon, et seulement deux : une blonde habillée en noir et une brune habillée en rouge. Impossible de se tromper, songe le lecteur. Erreur. Un seul type au monde était capable de les confondre et ce type était Jean-Mo. Lorsque Blanche passa devant lui, son cœur s'emballa. Il connaissait ce visage, nom d'une saucisse ! Branle-bas de combat ! Action-réaction ! *Kidnapping-ransom !* Blanche passa devant le miroir où elle réajusta sa queue-de-cheval avant de s'engouffrer dans les toilettes. Jean-Mo se précipita sur Jean-Jean qui, lui, avait bizarrement gardé son calme. Le chef de famille n'ayant pas réussi à trouver de cagoules, il s'était rabattu sur des vieux bas ayant appartenu à leur mère (paix à son âme). Ils les sortirent précipitamment de leur poche et se les passèrent sur la tête. Avec le temps, les bas avaient rétréci et le nylon leur tirait les traits du visage, leur écrasait le nez. Le pied du bas tire-bouchonnait au-dessus de leur tête, les faisant ressembler à des Télétubbies trisomiques.

Ils se postèrent derrière la porte des toilettes, prêts à agir. Mais une retraitée de l'Éducation nationale entra à ce moment dans le couloir et se dirigea à son tour vers les lavabos. Jean-Mo se mit à siffloter en regardant en l'air, les mains derrière le dos. L'ancienne prof de français les toisa tous les deux, trouvant parfaitement inconvenant de s'accoutrer de la sorte. Les capuches, les survêtements, les bonnets de bain, maintenant les bas, c'était la fin de la civilisation. Dans sa salle de classe, elle avait fait la guerre aux casquettes et aux tenues extravagantes, n'hésitant pas à renvoyer de cours des élèves trop mal attifés (ce qui lui avait valu plusieurs pneus de voiture crevés).

On entendit le bruit de la chasse d'eau dans la cabine ; Jean-Mo paniquait. Que faire ? Au diable cette vieille bique qui venait contrarier ses plans ! Le stratège avait tout prévu sauf la possibilité que quelqu'un d'autre que Samantha-Sun éprouve au même moment la nécessité de satisfaire ces tristes besoins que la nature nous inflige. Le verrou de la cabine sauta, la porte s'ouvrit, Blanche se figea à la vue des deux péquenots masqués et serra contre elle son sac à main.

La suite fut chaotique. Jean-Mo essaya d'attraper Blanche, qui lui envoya un pain dans la tronche avant de s'enfuir. Mais Jean-Jean lui fit un croche-pied et elle s'étala de tout son long sur le sol. Pendant ce temps la vieille hurlait et martelait de petits coups de poing rageurs l'épaule de la brute, qui l'envoya d'une main valdinguer dans les toilettes où elle tamponna la chasse d'eau qui lui tomba sur la tête et l'assomma, une nappe d'eau jaillissant immédiatement de la cabine. Jean-Mo se rua sur la jeune fille à terre, lui saisit un bras qu'il tira en arrière et tenta de bloquer avec son genou. Il se tapa soudain le front : « Merde, le chloroforme ! » Il l'avait oublié dans la voiture. Souple et féline, la jeune fille réussit à libérer son bras puis à se retourner d'un mouvement sec. Elle remit une grosse beigne sur le pif du Télétubbie, dont le bas du bas devint tout rouge, se releva pour s'enfuir mais dérapa dans l'eau et s'étala à nouveau. L'ours vosgien la saisit alors par la queue-de-cheval et la fit glisser comme une boule de bowling jusqu'au mur où elle s'emplafonna.

À moitié groggy, Blanche tenta une nouvelle fois de se relever mais, tandis qu'elle était à quatre pattes, le monstre lui enserra par-derrière le torse et les bras et la redressa. Il lui mit une main sur la bouche pour éviter qu'elle crie mais la jeune fille trouva la force de la mordre au sang, si bien que c'est le kidnappeur professionnel qui hurla de douleur. « La porte ! » gueula-t-il à son frère qui se rua sur l'issue de secours, dérapa à son tour et tomba sur le nez. Il atteignit la porte à quatre pattes (ou plutôt à trois pattes : d'une main il tenait son nez en sang) et l'ouvrit, ce qui déclencha une immense sirène à deux temps. « Qu'est-ce que c'est ce bordel ! » hurla Jean-Mo en se précipitant dehors et en poussant Blanche dont les pieds traînaient à terre.

De la voiture, Jean-Didier vit sortir les deux débiles en sang avec une fille trempée dans les vapes et prit peur. Il tourna nerveusement la clé de contact, la voiture toussa quelques secondes (pitié, pensa Jean-Didier), explosa un bon coup et démarra, grâce à Dieu. Jean-Jean s'assit à l'avant en se tenant toujours le nez et Jean-Mo s'installa à l'arrière avec sa proie. « Démarre, nom de Dieu ! Démarre ! » gueula-t-il à son frère qui enclencha la première et enfonça l'accélérateur.

La jeune fille retrouvait peu à peu ses esprits, se débattait tant bien que mal. Elle réussit à remettre deux marrons dans la gueule de l'affreux qui criait à son petit frère de lui passer le chloroforme dans la boîte à gants. « Magne-toi le cul ! » hurlait-il sous les coups. Jean-Jean prit la bouteille et renversa le liquide sur un mouchoir à carreaux bleu et blanc (typiquement vosgien, les mêmes en vente au musée du textile) qu'il tendit à Jean-Mo. Celui-ci le plaqua violemment sur le visage de Blanche, qui se débattit encore quelques instants avant de s'endormir.

La tension retomba immédiatement dans la voiture. Chacun souffla. Jean-Jean et Jean-Mo retirèrent les bas ensanglantés qui collaient à leur visage. Ils avaient tous les deux des trognes de film d'horreur, barbouillées de sang jusqu'aux sourcils, les nez explosés, narines bouchées de merde rougeâtre. Jean-Jean roula deux mèches à partir d'un mouchoir en papier, se les enfonça dans les narines pour faire cesser l'hémorragie et se débarbouilla tant bien que mal le reste du visage.

La voiture sortait à présent d'Épinal et se dirigeait vers la montagne.

— N'empêche, on a réussi, annonça fièrement Jean-Jean.

L'aîné des Grosdidier ne répondit rien.

— Pas vrai, Jean-Mo ? insista le benjamin.

Pas de réponse. Il se retourna. Jean-Mo dormait sur l'épaule de sa victime. L'intellectuel du crime s'était servi du mouchoir imbibé de chloroforme pour se nettoyer le nez.

V

Blanche Wagner ouvrit les yeux en début d'après-midi. Elle était allongée sur le dos dans un grand lit moelleux aux ressorts fatigués, son corps ayant creusé une cuvette au milieu du matelas. Le plafond était constitué de lattes de bois. Une odeur de lardons grillés flottait dans l'air. Elle resta immobile pendant cinq minutes, reconstituant les événements, qui lui paraissaient irréels et abstraits. Son sac à main, qu'elle n'avait pas lâché dans la bagarre, était posé à côté d'elle.

Elle s'extirpa lentement du lit et se frotta l'épaule. La chambre était meublée d'une armoire à miroir en merisier massif et d'une commode en sapin peinte à six tiroirs. Deux robes de chambre pendaient à une patère fixée au mur. Elle s'approcha de la fenêtre. Dehors, le ciel était bas, la lumière grise. Une lande d'herbes folles s'étendait jusqu'à la forêt baignant dans une brume éparse ; un sommet se dessinait au loin à la manière impressionniste. Elle ouvrit les deux battants de la fenêtre et se pencha. Elle était au deuxième étage d'un vaste bâtiment aux murs épais en pierrailles et moellons recouverts de chaux qui s'effritait à divers endroits.

Elle respira l'air frais à pleins poumons, retourna s'asseoir sur le lit et se saisit de son sac à main. Rien n'y manquait, pas même son téléphone portable. Elle composa le 17, une voix de femme lui répondit au bout d'un instant, à qui elle raconta qu'elle avait été enlevée par deux hommes à Épinal et conduite dans un lieu inconnu qu'elle décrivit.

— Comment s'appelle ce lieu ? demanda la fliquette.

— Je n'en sais rien, répondit Blanche en chuchotant. On est dans la montagne.

Il y eut un silence.

— La montagne, la montagne, elle est grande la montagne, répondit la fliquette. Comment je peux savoir où vous vous trouvez si vous ne le savez pas vous-même ?

— Vous pouvez peut-être localiser mon téléphone ? suggéra la jeune fille.

La fliquette parut contrariée. Elle marmonna

des paroles incompréhensibles où il était question de séries américaines et du FBI, lui demanda finalement son numéro et son opérateur.

— Je vais voir ce que je peux faire.

Elle raccrocha.

Blanche se releva et explora la pièce. Dans la commode étaient rangés des sous-vêtements et des vêtements de femme, ainsi que des draps. Elle s'approcha de l'armoire, inspecta son visage dans la glace. Il n'avait aucune blessure. Elle refit sa queue-de-cheval, effaça d'un doigt imbibé de salive une petite tache de crasse sur sa pommette, ouvrit l'armoire. Sur des étagères à gauche, des habits d'homme. Dans la penderie à droite, des chemises sur cintre, deux costumes et une veste en velours côtelé verte. Elle remarqua un petit bout de métal au fond de l'armoire, écarta les vêtements. Un fusil de chasse était posé à la verticale, canon en l'air, un tas de boîtes de cartouches à ses côtés.

Blanche referma la porte de l'armoire, se regarda à nouveau dans le miroir. Récapitulons, songea-t-elle : j'ai été enlevée, je n'ai été ni violée ni volée, on m'a laissé mon téléphone portable et on m'a enfermée dans une chambre qui contient un fusil et des cartouches. Soit j'ai affaire à quelque chose qui me dépasse, soit ceux qui m'ont amenée ici sont des crétins d'anthologie (le lecteur, bien sûr, connaît la solution de l'énigme).

À l'étage inférieur les frères Grosdidier venaient d'entendre le parquet craquer au-dessus de leur tête. À peine arrivés à la ferme, Jean-Didier et Jean-Jean avaient transporté la jeune fille dans la chambre de leurs parents et l'avaient couchée sur le lit. Ils avaient ensuite tenté de réveiller leur grand frère à coups de baffes mais celui-ci grognait sans sortir de son coma. Ils l'avaient laissé roupiller une heure sur la banquette arrière puis l'avaient tiré de la voiture et lui avaient jeté une bassine d'eau froide au visage. Ils avaient mangé une omelette aux lardons, Jean-Mo avait enroulé un bandage autour de sa main mordue et depuis ils attendaient, assis à la table.

— Je crois qu'elle s'est réveillée, fit Jean-Jean en montrant le plafond du doigt.

Les trois hommes remirent leur bas sur le visage et montèrent lentement l'escalier menant à l'étage. Blanche était debout au milieu de la pièce quand ils pénétrèrent un à un dans la chambre. Elle aurait dû être épouvantée, elle aurait dû hurler ou sauter par la fenêtre ; en voyant les trois péquenots aux pantalons trop courts, elle sut cependant qu'elle avait d'ores et déjà, elle aussi, la solution à son énigme.

Jean-Didier fronça les sourcils sous le nylon : elle ne ressemblait décidément pas à la photo qu'en avait publié le journal. Mais bon, les stars, ça change de look comme de chemise, c'est bien connu. Lui et son petit frère furent subjugués par sa beauté qu'ils n'avaient pas eu le temps d'apprécier jusqu'alors. Ses beaux cheveux blonds étaient lissés et lui faisaient un casque d'or, ses yeux en amande étaient d'un vert émeraude, ses lèvres légèrement charnues d'un rose pale. Et ne parlons pas de ses seins qui se dessinaient harmonieusement et de ses hanches qui étaient superbes. Une vraie beauté.

Jean-Mo se plaça devant elle, gonfla le torse et la montra du doigt.

— *You kidnapping !*

Il orienta son doigt sur sa poitrine.

— *Ransom me !*

La jeune fille croisa les bras et le regarda dans les yeux.

— *You kidnapping ! Ransom me !* répéta l'anglomane.

La fille ne bronchait pas. Jean-Mo se tourna vers son petit frère et claqua des doigts.

— Dico. Je crois qu'elle ne pige rien, l'Amerloque de mes deux.

Jean-Jean lui tendit le dictionnaire. Il l'ouvrit

et chercha le mot « comprendre » (qu'il ne trouva jamais car il cherchait à « conp »).

— Merde, comment on dit « comprendre », s'impatienta-t-il.

— *Understand*, répondit la jeune fille.

— Ah, OK.

Il se redressa.

— *You kidnapping ! Ransom me ! Understand ?*

Jean-Didier fronça les sourcils. Il fit signe à son frère qu'il voulait lui parler.

— *Waiting one minute !* déclara solennellement le chef de bande.

Il sortit avec ses frères sur le palier et referma la porte.

— Qu'est-ce qu'il y a ?

— Je crois qu'elle comprend le français, murmura Jean-Didier.

— Arrête tes conneries.

— Si, si.

Jean-Mo réfléchit un instant.

— Dans un sens, ça faciliterait la communication.

Ils pénétrèrent à nouveau dans la chambre, Jean-Mo pointa la jeune fille du doigt.

— *Understand* français ?

Blanche le regardait toujours sans rien dire.

— Ma parole, elle comprend rien à rien, cette

cruche ! Ni français, ni anglais, ni rien du tout ! pestait Jean-Mo. *Understand* français ? Anglish ? Espagnolo ? *Understand*, quoi, merde à la fin ! s'énervait-il.

— Et pourquoi je ne comprendrais pas le français, tête de veau ficelée ? répondit finalement Blanche d'une voix hautaine.

Les trois frères se regardèrent. Jean-Mo éclata de rire.

— Oh, mais ça change tout, nom de Dieu ! Haha ! Éducation américaine ! Communication mère de l'échange ! Qui parle la même langue se comprend, mais oui !

Il balança le dictionnaire sur le lit, se redressa, reprit son sérieux et repointa sur la fille son gros doigt.

— Vous êtes en état d'arrestation et nous vous libérerons contre une rançon !

— En état d'arrestation ?

— Je veux dire : vous êtes en état de kidnapping et nous vous libérerons contre une rançon !

— Kidnappée, c'est ça ? Je suis kidnappée ?

— Voilà, c'est ça, kidnappée. Et on veut une rançon.

La jeune fille se frotta le menton.

— Et vous voulez une rançon de combien ?

Sous son masque, Jean-Mo grimaça. Encore un détail passé à la trappe.

— *Waiting one minute !* gueula-t-il.

Il entraîna ses frères sur le palier.

— On veut une rançon de combien ? demanda-t-il après avoir refermé la porte.

— 1 000 euros ? proposa Jean-Didier.

Jean-Mo fit la grimace.

— 10 000 ?

Grimace.

— Un million ? annonça Jean-Jean.

— Ouais, ça c'est bien, trancha Jean-Mo. C'est un chiffre rond.

Ils revinrent dans la chambre. Blanche n'avait pas bougé. Son téléphone avait vibré dans son sac à main ; les flics essayaient de la rappeler.

— On veut dix millions ! déclara Jean-Mo (après tout, pourquoi se gêner ?).

Blanche siffla.

— C'est une sacrée somme…

— Et alors ! On n'est pas des gagne-petit !

— Dix millions ?

— Parfaitement. En petites coupures.

Blanche réfléchit quelques instants.

— Vous prenez les Ticket Restaurant ?

Les trois frères se regardèrent à nouveau.

— J'en ai un carnet entier dans mon sac. Vingt tickets à 7 euros.

Prendre une décision était un calvaire pour Jean-Mo. Il se tourna vers ses frères, les interrogea d'un signe de tête. Jean-Jean haussa les épaules. Jean-Didier soupira. Le kidnappeur en chef se lança dans des calculs savants en comptant sur ses doigts.

— De toute façon, le compte n'y est pas, trancha-t-il. Et puis, nous on préfère la bonne zozotte bien fraîche, pas vrai, les frangins ?

— C'est quoi la bonne zozotte bien fraîche ? demanda Blanche.

Jean-Mo leva les bras au ciel.

— L'artiche, nom de Dieu ! la sainte patate ! le carbure, la maille, l'oseille qu'on peut palper, le divin pognon, quoi !

— Je peux vous poser une question ?

— Allez-y.

— Pourquoi moi ?

— Pourquoi vous quoi ?

— Pourquoi m'avoir kidnappée, moi ?

— Pour le pognon, on vous dit !

— J'ai compris. Mais pourquoi *moi* ? Pourquoi pas quelqu'un d'autre ? Pourquoi pas quelqu'un… qui aurait du pognon, par exemple ?

— Comment ça, « quelqu'un qui aurait du

pognon » ? Parce que vous n'en avez pas du pognon, vous, par hasard ?

— Oh, il doit bien me rester 15 ou 20 euros dans mon sac à main et le double sur mon compte en banque mais je crains que cela ne satisfasse vos ambitions.

— Qu'est-ce que c'est que ce baratin. Vous nous prenez pour des manches de pioche ? Et les millions de livres vendus ? Attention, on est renseignés, et pas qu'un peu ! On sait par exemple que c'est pas vous qui écrivez vos livres mais que c'est vous qui touchez. Haha !

Ça y est, elle venait de reconnaître la voix ! C'était l'espèce d'ours, fan de la Lopez, qui était venu écluser des bières à 10 heures du matin ! Blanche avait l'impression d'être entrée dans la quatrième dimension. Comment ce crétin pouvait-il la prendre pour la pétasse américaine alors qu'*ensemble* ils avaient parlé d'elle et qu'*ensemble* ils l'avaient vue arriver sur le salon ? Elle ne put s'empêcher d'éprouver un sentiment de tendresse mêlée de pitié à l'égard de ses ravisseurs (cas typique d'un syndrome de Stockholm extrêmement précoce, auraient conclu les psychiatres).

— Excusez-moi de vous faire de la peine, les gars, mais j'ai l'impression que vous avez commis une énorme boulette, murmura-t-elle d'une voix douce.

— Quelle boulette ? demanda Jean-Mo.

— En fait, je crois que vous m'avez confondue avec une autre…

— Quelle autre ?

— L'Américaine. Samantha-Sun Lopez.

Il y eut un silence pesant.

— Vous n'êtes pas elle ? demanda Jean-Mo.

— Négatif.

— Vous voulez dire que… vous n'êtes pas Samantha-Sun ? bredouilla Jean-Jean.

— Désolée, rien à voir. Moi, je tenais la buvette dans ce salon de faisans.

— Putain, c'est pas vrai… siffla Jean-Didier.

Il retira son bas, le jeta rageusement à terre. C'était le bouquet ! Le gros con s'était trompé de fille ! Il avait kidnappé au hasard ! Son plan infaillible se soldait par un carnet de Ticket Restaurant ! Il se retint de lui mettre un pain dans la tronche sans sommation, se promit de lui faire boire le reste de chloroforme pendant la nuit !

— Ah bah, vraiment, j'y comprends rien, répétait Jean-Mo. Vous êtes sûre que vous êtes pas elle ?

— Absolument certaine.

Jean-Didier avait posé son front contre le mur de

la chambre. Il avait envie de chialer. Au fond de lui sommeillait un Grec hanté par la limite. La connerie du balourd lui semblait d'une hybris effrayante. Ses deux frères retirèrent leur bas, eux aussi. Jean-Mo souriait jaune.

— Ah ouais, ça me revient maintenant… Elle est pas brune l'autre ? Merde alors, je crois que je vous ai confondue avec l'Américaine…

— Je vous le confirme.

— Merde alors… répétait Jean-Mo. Pas de bol…

Et soudain, il se mit à rire. Ça l'amusait, ce lourdaud des Alpes !

— Le pire de tout, c'est que vous lui ressemblez pas du tout, c'est ça qui est tarte !

Jean-Didier essayait de garder son calme.

— Bon, ben, on va vous relâcher du coup, dit-il d'une voix un peu tremblante. Je me demandais… enfin, peut-être, si ça pouvait rester entre nous, n'est-ce pas… Je vais vous ramener en voiture à Épinal, et puis on n'en parle plus, qu'est-ce que vous en pensez ? On vous laisse le carnet de Ticket Restaurant, bien sûr.

— Et on vous prie d'accepter nos excuses, ajouta Jean-Jean, le plus poli de la bande.

— Oh, pas de problème, répondit Blanche. Mais dites-moi, j'ai senti comme une bonne odeur de lardons tout à l'heure… Vous n'auriez pas quelque chose à manger ? Je meurs de faim !

Le visage de Jean-Jean s'illumina. Est-ce à ce moment-là qu'il tomba amoureux ? Il se frotta les mains, prit Blanche par le bras.

— Venez avec moi, je vais vous faire une omelette !

Jean-Didier fit la grimace. Son idée était de la ramener au plus vite à Épinal pour rendre la voiture au colonel et clore enfin cette affaire lamentable.

— Je suis un peu comme qui dirait le spécialiste de l'omelette, se vantait Jean-Jean en entraînant Blanche dans l'escalier. Je connais dix-huit recettes. Ma préférée, c'est l'omelette « western » : pommes de terre, oignons, poivrons rouges, jambon cuit : un vrai régal.

Jean-Maurice et Jean-Didier restèrent plantés un instant au milieu de la chambre avant de descendre à leur tour. En bas de l'escalier, Blanche prit un vieux pull suspendu à un portemanteau et le posa sur ses épaules. Elle regardait partout autour d'elle, réalisant qu'elle se trouvait dans une vieille ferme. La cuisine était équipée d'un immense fourneau à bois qui comportait huit feux devant lequel elle s'extasia.

Jean-Jean, le taiseux lunaire, était transfiguré.

Il ouvrait la porte du fourneau, lui montrait l'intérieur rougeoyant, vantait le matériel. Il sortit six œufs du frigo en les lançant d'une main à l'autre, les cassa dans un saladier avec des gestes de chef étoilé. Blanche en profita pour visiter les lieux.

La ferme du Renard Pendu datait de la mi-XIXe siècle. C'était un gros rectangle de près de 300 mètres carrés, avec des murs d'un demi-mètre d'épaisseur en granit, des charpentes en hêtre et un toit en zinc, séparé en deux parties distinctes : l'étable et le hangar surmontés du grenier à foin en pignon de bois d'un côté ; la partie habitée de l'autre, avec l'entrée qui donnait sur un couloir distribuant la fromagerie, la cuisine, le « poêle », la salle à manger de l'auberge et l'escalier menant aux quatre chambres du haut.

Blanche pénétra dans la pièce qu'on appelait par métonymie le « poêle », le lieu des veillées de l'ancien temps, qui était aujourd'hui un salon coquet. C'était la salle la plus chaude de la ferme, alimentée par le fourneau en pierres réfractaires mitoyen avec la cuisine. Celui-ci ne possédait aucune ouverture de ce côté-ci. C'est par la cuisine, le soir, que l'on poussait les braises rougies tout au fond du fourneau, côté « poêle » donc, et que celui-ci emmagasinait de la chaleur qu'il diffusait toute la nuit. Une banquette arrondie faisait le tour du fourneau. La pièce était joliment meublée du piano de Jean-Jean, de trois fauteuils crapauds, d'un canapé, d'une belle bibliothèque en acajou contenant une centaine de livres reliés, d'une petite table également en acajou. Les murs étaient recouverts de marqueteries représentant diverses espèces de fleurs de montagne.

Une bibliothèque dans une ferme au cœur des Vosges ? ricane le lecteur pétri de préjugés. C'est qu'il n'a pas connu le père Grosdidier ! Si sa descendance est sujette à caution, lui était un vrai *gentleman farmer* ! Travailleur acharné, debout tous les jours à l'aube pour la traite, maniant la fourche et le tracteur avec force et dextérité, Jean Grosdidier quittait son bleu de travail et ses bottes dès le labeur achevé pour se vêtir d'un élégant complet de velours, avec cravate et pochette assortie, gilet de tweed par-dessous en hiver. Après le repas du soir (18 heures pile), lui et sa femme s'accordaient un doigt de vieux whisky tourbé puis passaient leur soirée dans le poêle, elle à broder ou à jouer du piano dans une belle robe blanche à frou-frou, lui à lire Saint-Simon dans son fauteuil en fumant sa pipe bourrée de bon tabac chevelu de Hollande, de la musique sacrée allemande du XVIIe siècle en fond sonore, ou parfois, durant les longues soirées d'hiver, les chœurs cristallins et hypnotiques d'Arvo Pärt ou de Pèteris Vasks. De temps à autre, ils jouaient aux dominos, pour faire plaisir à madame.

Le père Grosdidier n'avait jamais eu de téléphone portable, ne s'était jamais mis à Internet, n'avait ni télévision ni radio et ne lisait aucun journal, cette perte de temps. En revanche, il se faisait fabriquer des pipes sur commande par un artisan du Jura et également confectionner, à Nancy, de belles cartes de visite gravées « Monsieur Jean Grosdidier, fermier dans les Vosges », qu'il allait déposer auprès de ses amis, par exemple pour les inviter à déjeuner. Les cartes étaient alors libellées comme suit, l'écriture au stylo-plume jouant avec les caractères imprimés : *C'est avec un immense plaisir que* Monsieur Jean Grosdidier, fermier dans les Vosges, *et son épouse vous recevront dimanche prochain dans leur ferme du Renard Pendu pour un déjeuner amical (tenue de ville).*

Le lecteur a-t-il cessé ses ricanements ? Bien sûr, ces belles manières n'avaient pas franchi le fossé des générations, mais tout ne s'était pas perdu pour autant. Jean-Jean avait hérité de la nature artiste et rêveuse de sa mère ; Jean-Didier du respect de l'ordre et de l'amour du travail bien fait de son père ; Jean-Mo, hélas, de rien du tout.

Il y a des lieux qui évoquent des souvenirs que l'on n'a jamais vécus, des évidences qui nous dépassent ; ils s'ancrent dans un imaginaire ancestral, font appel à la race. Le poêle était l'un d'eux. Blanche ressentit un bien-être physique à son contact. Elle était comme enveloppée de ouate, les sens engourdis. Elle sut d'instinct que l'hiver, quand tout est mort au-dehors, étouffé par le froid et la neige, cette pièce était le refuge de la vie, et qu'y naissaient mille espoirs. Alsacienne née à Mulhouse, elle avait vécu dans des appartements sans charme, dans un monde enlaidi. Elle était envoûtée, l'esprit vagabondant.

La pièce à côté était la salle à manger de l'auberge avec ses cinq tables et ses banquettes en bois. Elle aussi était magnifiquement décorée de marqueteries. De vieux outils agraires étaient pendus aux murs, dont deux fléaux disposés en sautoir. Sur les trois poutres étaient attachées des sonnailles de vache en bronze du XIXe siècle avec leur collier de cuir clouté.

C'est dans cette pièce qu'était le four à pain, dont la niche renflait la façade nord de la ferme. Sur le mur opposé, une cheminée ouverte. Blanche observait le moindre détail avec l'œil du professionnel. Depuis ses 16 ans, elle travaillait dans la restauration :

buffet de la gare de Mulhouse, deux ou trois bistrots sans classe, un restaurant correct à Nancy (mais le patron, un vieux vicelard, essayait sans cesse de la serrer dans la remise, si bien que ça s'était achevé par un pain dans la tronche, spécialité de la jeune fille, comme on l'a vu).

Elle avait fini par rejoindre une entreprise qui organisait des buffets, servait d'extra dans des cocktails d'entreprise ou des événements culturels. Elle en avait marre ! Les cadres abrutis qui après deux verres de champagne lui demandent à quelle heure elle finit son service, merci bien ! Ce dont elle rêvait, c'était d'avoir une petite affaire à elle, la décorer, l'arranger à son goût, en prendre soin, faire au mieux de ses possibilités. Une petite auberge à la montagne par exemple ! Tout ici était à l'abandon. Quelle pitié !

Elle s'apprêtait à visiter la fromagerie quand Jean-Jean l'appela de la cuisine. L'omelette était prête. Les trois frères étaient debout autour de la table quand elle vint s'asseoir. Jean-Jean lui avait mitonné une omelette aux lardons avec six œufs qu'elle dévora d'un air pensif, en l'accompagnant d'un grand verre de vin blanc, sous le regard des Grosdidier. Jean-Jean était ému par un tel appétit. Quand elle eut fini, elle repoussa son assiette, félicita le cuisinier et attaqua :

— Elle est chouette, cette ferme. Pourquoi vous n'en faites rien ?

— Comment ça, pourquoi on en fait rien ? demanda Jean-Mo.

— Il n'y a plus de bêtes, la salle à manger n'accueille plus personne, tout est mort.

— On a des poules.

— Et des vaches, vous en avez des vaches ? Et l'auberge ? Pourquoi elle est fermée, l'auberge ?

Jean-Mo avait horreur de la tournure que prenait la conversation.

— Qu'est-ce que ça peut foutre ? Les vaches, faut les traire.

— Et l'auberge ?

— On n'est pas des larbins.

Jean-Didier et Jean-Jean écoutaient sans rien dire.

— Des larbins ? C'est ainsi que vous qualifiez le noble métier d'aubergiste ? Et depuis quand est-elle dans cet état, cette auberge ? demanda Blanche.

— Qu'est-ce que ça peut foutre ?

— Depuis la mort de nos parents, répondit Jean-Jean.

Bricoleur à ses heures, le père avait trouvé une mine antipersonnel américaine de la Seconde Guerre dans la forêt trois ans auparavant (ces mines remontaient régulièrement à la surface). Il avait eu l'idée de l'installer dans un trou du grillage par lequel un renard venait toutes les nuits bouffer ses poules. À genoux dans le poulailler, ses derniers mots avaient été : « Avec ça, je vais l'envoyer dans les étoiles, le rouquin ! » Il n'avait pas souffert. Sa femme s'était laissée mourir de chagrin trois mois plus tard. Jean-Mo avait vendu les vaches et fermé l'auberge.

Jean-Didier tapa dans ses mains :

— Bon, allez, c'est pas tout, on bavarde, on bavarde, mais il faut que je vous ramène à Épinal maintenant.

— Vous n'avez pas honte d'avoir tout laissé partir à vau-l'eau ? continuait Blanche. J'imagine que vous vivez des minima sociaux comme des parasites ?

— Oh, oh, on va se calmer ! gronda Jean-Mo. Tout ça, c'est notre affaire, ça vous regarde pas !

— Allez, allez, à Épinal… répétait Jean-Didier.

— Comment, ça ne me regarde pas ? Il ne fallait pas me kidnapper ! Je vous rappelle qu'à cause de vous j'ai perdu mon boulot… Abandon de poste ! Qu'est-ce que je vais dire à mon employeur en revenant ? À part lui avouer que je me suis fait kidnapper par des gangsters des montagnes ?

Jean-Didier commençait à paniquer.

— Bon écoutez, il faut nous laisser tranquilles maintenant…

— À moins que… Cette mignonne petite auberge délaissée par des brutes ne demande qu'à revivre… Avec un peu de bonne volonté, on en fera la plus belle adresse du département… Les gens viendront de Nancy, d'Alsace et de Moselle ! Seulement, il faudra me laisser faire parce que j'ai les idées bien arrêtées…

Jean-Mo se rua sur le frigo, prit une bière et la décapsula violemment.

— Qu'est-ce que c'est que ces brioches ! En voilà une farfelue ! Jean-Jean, file-moi le chloroforme ! On va la ramener selon la méthode ! Elle n'est pas née celle qui va nous emmerder, parole d'homme !

Blanche se leva d'un bond, prête à cogner. Jean-Didier s'interposa pour éviter un nouveau rififi.

— On se calme !

C'est alors qu'une voix amplifiée par un mégaphone retentit à l'extérieur de la ferme :

— Rendez-vous, vous êtes cernés !

Les trois frères se figèrent.

— Sortez les mains en l'air !

Jean-Mo se rua à la fenêtre et jura tout ce qu'il put. Huit pandores de la brigade de gendarmerie de Saulxures armés de fusils à pompe étaient postés autour de la ferme. Devant le portail, à côté du grand aulne, se tenaient le major Stéphane Vidal et l'adjudant Joseph Mathis, son mégaphone à la main.

La fliquette qui avait répondu à Blanche avait fait écouter la conversation à son supérieur, qui avait décidé de prendre les choses au sérieux. On avait contacté l'opérateur téléphonique et obtenu les coordonnées du téléphone par réquisition judiciaire : il bornait près d'un village vosgien appelé Saint-Pierre-aux-Puces. On avait contacté la brigade de gendarmerie du canton et c'est Jojo qui avait répondu. Une fille enlevée près de Saint-Pierre-aux-Puces ? Pas la peine de lui faire un dessin ! À présent, son mégaphone à la main, il demandait aux trois frangins de sortir les mains en l'air. Le major n'était pas du genre patient. Il prit le mégaphone des mains de Jojo, le mit devant sa bouche :

— Sortez immédiatement les mains en l'air ou on lance l'assaut ! déclara-t-il.

Il était arrivé dans la brigade une semaine auparavant depuis Aix-en-Provence et prônait la méthode virile.

— Excusez-moi, major, mais ce n'est pas une

bonne idée, lui dit Jojo. Si je puis me permettre, je vais vous demander de bien vouloir vous abriter derrière l'arbre avec moi.

Il avait à peine fini sa phrase qu'un canon de fusil glissa le long de la fenêtre de la cuisine et que deux coups de feu claquèrent, du calibre pour sanglier. Le major sauta à plat ventre.

— Mais… ils nous tirent dessus !

— On est dans les Vosges, major. Sauf votre respect, il faut éviter les menaces autant que possible.

L'adjudant se pencha vers le major et reprit le mégaphone.

— Jean-Mo, arrête tes conneries et rends-toi !

Dès qu'il avait entendu le mot « assaut », Jean-Mo s'était rué sur le placard à balais où était rangé son propre fusil. Il retira le canon de la fenêtre, posa l'arme contre le mur et reprit sa canette de bière.

— Celui qui va balancer des assauts contre ma ferme n'est pas encore né ! gronda-t-il.

Jean-Jean s'était assis sur une chaise. Jean-Didier secouait la tête. Bon sang, il savait que ça finirait comme ça !

— Vous êtes dans une sacrée merde, les gars, leur dit la jeune serveuse au bout d'un instant.

L'enlèvement, déjà, c'est du lourd, mais si je rajoutais un viol à la clé, vous prendriez trente ans au minimum…

Jean-Mo faisait les cent pas. Il s'arrêta net.

— Un viol ? Qu'est-ce que c'est que ce nouveau pétard ? Quelqu'un vous a violée ici ?

— Personne, rassurez-vous, vous avez été très courtois.

— Alors, c'est quoi ces conneries de viol ?

— Non, je disais que si par hasard j'avais l'idée de déchirer mes vêtements, de me décoiffer et de sortir en courant, en pleurant et en gesticulant, puis de me jeter dans les bras des gendarmes en leur expliquant que je viens d'être violée, je pense qu'ils me croiraient.

— Ouais mais minute, c'est faux…

— Bien sûr que c'est faux. Mais entre la parole de trois horribles kidnappeurs des montagnes et celle d'une pauvre kidnappée, je persiste à penser que c'est la pauvre kidnappée qu'on croira.

— Merde, merde, merde, merde… murmurait Jean-Didier.

— Pourquoi vous feriez ça ? demanda Jean-Jean, la voix tremblante.

— Je n'ai pas dit que je le ferai, répondit Blanche. D'ailleurs, je peux aussi bien sortir et leur dire que tout ceci n'est qu'une regrettable méprise et que je suis ici de mon plein gré.

Le visage de Jean-Mo s'illumina.

— C'est vrai ? Vous feriez ça ?

— Et pourquoi non ?

— Haha ! ça c'est sympa ! s'exclama Jean-Mo.

— Et sinon pour l'auberge, c'est toujours d'accord ? ajouta Blanche d'une petite voix.

Et voilà. Les kidnappeurs étaient faits comme des rats, kidnappés à leur tour.

Il fallait maintenant s'occuper des gendarmes, les mitonner aux petits oignons. Blanche demanda à Jean-Jean de lui chercher une chemise blanche, n'importe laquelle. Elle ôta son pull sous les yeux médusés des frangins, le posa sur une chaise et dégrafa son soutien-gorge. Il y eut un décalage entre la réalité visible et la perception par les cerveaux de cette réalité visible. Quand l'image s'imprima enfin, les trois frères devinrent rouges comme des pivoines et se transformèrent en statues de sel. Blanche enfila la chemise, dont elle laissa les trois derniers boutons ouverts, et retroussa les manches.

— Ne bougez pas d'ici, leur dit-elle.

Elle sortit de la ferme et se dirigea vers les deux sous-officiers, étincelant de son plus beau sourire, les pommes d'amour dansant follement sous l'étoffe de la chemise.

Les deux hommes la saluèrent main sur la tempe. Le major Vidal mit un point d'honneur à la regarder droit dans les yeux mais quand elle-même regardait l'adjudant, son regard ne pouvait éviter de plonger dans le décolleté pour y puiser quelques secondes de volupté (et de torture). Blanche leur expliqua qu'il y avait eu maldonne, que les frères Grosdidier étaient des « vieux copains », qu'ils lui avaient fait une farce en faisant semblant de la kidnapper, qu'elle regrettait d'avoir dérangé les forces de l'ordre pour rien.

Jojo parut soulagé. Le major Vidal, lui, était sérieusement agacé.

— Alors, vous n'êtes pas retenue contre votre gré ? demanda-t-il.

Et dire qu'il avait failli appeler le GIGN ! D'un air d'enfant timide, Blanche leur expliqua qu'elle allait s'installer à la ferme pour mettre sur pied un projet collectif longuement mûri : rouvrir l'auberge. Jojo opina du bonnet. Il déplorait la décadence de la ferme et l'oisiveté consécutive de Jean-Mo, trouvait que c'était là une excellente idée. Il n'en revenait pas de la chance des trois crétins de connaître une créature aussi douce et jolie ! Blanche les invita à boire le coup. Le major se détendait. En suivant la jeune fille, il poussa du coude l'adjudant, qui répondit par un sourire poli.

Dans la cuisine, les trois frères étaient figés dans la même position, la bouche ouverte, sonnés comme les cloches de Rome. Gravée dans leur cerveau, l'image de la plus sublime paire de loches que la terre ait jamais portée les hanterait leur vie durant. Ils se réveillèrent à l'entrée des gendarmes ; Jean-Didier chercha la bouteille de gnôle en automate, Jean-Jean sortit les petits verres, Blanche les remplit ; les gendarmes ôtèrent leur képi, tous s'assirent autour de la grande table en bois. Jojo rigolait. Il disait qu'au fond il n'avait jamais vraiment cru à cette histoire d'enlèvement.

— Mais bon, qu'est-ce que vous voulez, les apparences étaient contre vous, bande de farfelus…

Il leva son verre.

— En tout cas, j'ai appris la bonne nouvelle, bravo les gars ! C'est une sage décision.

Il but la mirabelle cul sec, Blanche le resservit. Le major siffla la sienne, toussa un peu.

— À propos, ça vous arrive souvent de tirer sur les gendarmes ? demanda-t-il à Jean-Mo en essuyant ses lèvres d'un revers de main.

— Oh, il ne faut pas lui en vouloir, dit Blanche. C'est un émotif. Il a eu peur que vous jetiez des grenades sur sa ferme… Mais il ne le refera plus. Pas vrai que tu ne le referas plus, gros bêta ?

Jean-Didier n'en revenait pas. La grosse brute était dans ses petits souliers. Les yeux baissés, elle faisait non de la tête.

— Allez, c'est rien, on passe l'éponge. Pas vrai, major ? dit Jojo.

Le major était partagé. Il n'aimait pas que des guignols le canardent mais voulait se faire bien voir de la fille.

— Bien sûr qu'on passe l'éponge, déclara-t-il en tendant son verre. Ne croyez pas qu'on soit sans cœur, nous autres les gendarmes. Sous les képis, il y a des citoyens, des pères et des maris. À la vôtre.

Trois mirabelles plus tard, il raconta des histoires idiotes de course-poursuite avec des « go fast » sur l'autoroute du Sud, puis il promit de venir dîner à l'ouverture de l'auberge avant de se lever pour partir. Il remit son képi à l'envers, baisa solennellement la main de Blanche sur le pas de la porte, rata la marche et tituba dans la cour avant de siffler ses hommes toujours embusqués autour de la ferme. Jojo salua la compagnie à son tour et les pandores remontèrent dans les trois voitures garées un peu plus bas sur le chemin.

La température avait baissé. Dans la cuisine,

Blanche remit son pull, alimenta le fourneau de quelques bûches et se frotta les mains. Elle se réjouissait de passer sa première soirée dans la petite pièce de ses rêves, adossée au poêle avec un bon bouquin (elle était fan de Georges-J. Arnaud !).

— Qu'est-ce qu'on mange ce soir, Jean-Jean ? Je meurs de faim !

DEUXIÈME PARTIE

Ceux du Renard Pendu

VI

Francis remit une bûche dans le vieux poêle à bois avant de sortir de la cabane. C'était un vieux poêle à tuyau qui ronronnait la nuit. Au plus fort de l'hiver, il le bourrait jusqu'à la gueule mais la température ne grimpait jamais au-dessus de 12 degrés, tombant parfois à 7 ou 8 à l'aube. Quand il rentrait le soir, après une journée dans la forêt, il posait du petit bois sur les braises et soufflait ; le feu repartait. La nuit, il s'emmitouflait dans des couvertures et portait un gros bonnet de laine à cause du vent glacé qui passait entre les rondins. Mais, pour lors, il faisait doux et le poêle était tiède.

Francis mit Jean-Pierre dans sa musette, tira la porte derrière lui et descendit à travers la forêt en direction de la ferme du Renard Pendu. Il n'empruntait jamais les sentiers, coupait toujours par les bois, en ligne droite. Il était arrivé l'avant-veille de son Jura natal pour six mois de bûcheronnage, était allé saluer Marcel Laroque à la scierie avant de monter à la cabane, d'y déposer son sac, d'ouvrir en grand la fenêtre et la porte, et d'allumer le feu.

Ensuite, il était allé inspecter la parcelle par laquelle il commencerait. Il avait repéré les arbres martelés par l'ONF, évalué leur taille, observé l'état de leur pied, la répartition des grosses branches, les contreforts à dépatter. À 50 ans révolus, il était le dernier du pays à « baraquer » et à être payé à la tâche. Les autres étaient tous passés « entrepreneurs de travaux forestiers ». Ils se prenaient pour des chefs d'entreprise, regardaient de haut le tâcheron qu'il était. Francis s'en foutait, il ne leur adressait jamais la parole, se contentait d'un signe de tête quand il les croisait dans la forêt.

Entrepreneurs de travaux forestiers ! Il en avait connu qui étaient arrivés de la plaine et avaient créé leur « entreprise » sans même savoir tailler une allumette. L'un d'eux venait de Dunkerque ! Ces rigolos fonçaient sur les arbres avec leur combinaison fluo, leur casque high-tech, leur masque de protection antibuée et leur tronçonneuse thermique dernier cri sans rien regarder, sans rien observer, sans rien sentir, parfois sans faire d'entaille ! Les arbres s'effondraient n'importe où, y compris sur leur gueule, les fûts éclataient en tombant, un vrai massacre. Ceux-là n'étaient bons qu'à faire du bois de chauffage, à empiler les stères dans les taillis, et encore ! Pour le bois d'œuvre, c'est à lui que faisait appel le vieux Laroque.

Quarante ans qu'il était dans le bûcheronnage (mille ans si on compte les aïeux). Il avait commencé à 12 ans, avec son père dans le Jura. Depuis vingt-cinq ans, il passait la saison froide à Saint-Pierre-aux-Puces pour le compte de la scierie. Pour lui, le bûcheronnage était un art et non un défilé de mode.

Il ne plaisantait jamais, ne riait pas, parlait peu, et jamais pour ne rien dire, travaillait seul, contrairement aux usages, sans téléphone portable, avec pour seule compagnie sa bonne vieille tronçonneuse à essence et Jean-Pierre, son petit pantin de bois qu'il asseyait sur une branche en arrivant sur la parcelle à déboiser et qu'il récupérait sans un mot en partant. Ses troncs n'éclataient jamais en tombant et quand le travail était achevé, tout était propre : la grume débitée en billes et surbilles, les grosses branches empilées en rondins. Propre et net.

Pour le débardage, Jean-Maurice Grosdidier lui filait un coup de main avec son tracteur Renault, contre un billet. On mettait des chaînes aux roues, un treuil à l'arrière, et roulez jeunesse : on tractait le bazar à la scierie par n'importe quel temps et sur n'importe quelle pente (enfin jusqu'à 40 degrés, après c'était trop dangereux).

L'été, dans le Jura, il s'employait aux travaux des champs, bricolait un peu dans la plomberie, vivait au ralenti en attendant de pouvoir rejoindre sa cabane. Là, au milieu des bois, il renaissait, nom de Dieu ! Il connaissait tous les paysages, tous les bruits, toutes les odeurs de la forêt. Le moindre taillis, le moindre hallier, le moindre rocher, la moindre sapinière. Il l'arpentait dans tous les sens, toujours sur le qui-vive et l'esprit affûté : parcourir la forêt n'était jamais anodin. C'était le lieu des mystères, du ravissement et de la perdition, le lieu de l'espérance et des terreurs ; la forêt était restée en enfance.

Une petite source vive coulait derrière la cabane, d'où il tirait son eau. Le soir, il entendait la Bête, là-haut, sur les hauteurs. Tout le monde se moquait de lui au village mais lui savait qu'elle était là. Il ne l'avait jamais vue, ne l'avait même jamais aperçue. Mais il l'entendait tous les soirs, ça oui. Elle aboyait, d'un aboiement rauque qui filait parfois dans les aigus. Un aboiement essoufflé et triste, sans écho, qui semblait venir des entrailles de la terre. « Un brocard », lui avait dit un chasseur en haussant les épaules. Mais ce n'était pas un brocard. Ce n'était pas un chien non plus, ni un cerf, ni un loup, ni aucun animal ! C'était la Bête glatissant.

Il n'en avait pas peur mais elle avait fini par le hanter. Tous les jours, il attendait impatiemment le crépuscule ; à mesure que passaient les heures son cœur s'emballait. Quand il rentrait à la cabane, le souffle lui manquait ; il était nerveux, faisait les cent pas. Et puis elle aboyait enfin. Il était alors plongé durant quelques minutes dans un état de prostration, envahi d'une immense fatigue, les muscles en caoutchouc, les paupières lourdes, tout le corps pesant et brisé, une envie de pleurer. Il tombait à genoux, baissait la tête, s'affaissait parfois sur le sol et gisait là, par terre, en position fœtale, serrant Jean-Pierre dans ses bras. Ceux d'en bas disaient qu'il devenait dingo à rester seul dans sa forêt.

Il arriva au Renard Pendu par le bois des Golettes, entra par l'étable sans frapper. Il y avait de l'animation à la ferme ! Il croisa Jean-Jean qui le salua sans s'arrêter, un seau rempli de cendres à chaque main qu'il allait jeter dehors, dans le petit ravin.

Dans la salle à manger, armée d'un long balai et d'une pelle, Blanche nettoyait le four à pain avec énergie. Jean-Mo marchait comme un ours en cage entre les tables, se prenant les pieds dans les banquettes, gesticulant et rugissant. Il était outré ! La schpountz voulait faire des tartes flambées au feu de bois ! Des flammekueches ! De la pizza boche à la crème ! Dans les Vosges !

— Et pourquoi pas des nems tant qu'on y est ! gueulait-il.

— C'est la mondialisation ! répondait Blanche.

— Mondialisation, mon cul ! Est-ce que je vais faire des quiches en Alsace ?

— Pour ça, il faudrait déjà que tu sortes du département, balourd !

Quand il avisa Francis, il se précipita vers lui et le prit à témoin. Six mois qu'ils ne s'étaient pas vus mais c'est comme s'ils s'étaient quittés la veille.

— Des tartes flambées, Francis ! Non mais tu te rends compte ! Elle veut faire des tartes flambées dans mon four !

Francis haussa les épaules.

— Il y a bien des pizzas au village ! cria Blanche.

— Je vois pas le rapport ! C'est du colonialisme en casque à pointe ! Espace vital et compagnie !

Blanche balança sa pelle dans le four et s'approcha de Jean-Mo. Elle salua Francis d'un signe de tête et se planta devant l'aîné des Grosdidier.

— Dis donc, si t'as du racisme à revendre, pourquoi tu ne l'emploierais pas à bon escient ? Il me semble que, question colonisation, il y a plus agressif que mes flammekueches ! Les migrants à machette qui découpent les gens dans les rues, ça te dit quelque chose ? Tu crois qu'une petite tarte mignonne aux lardons saisie dans un feu à bois va bousculer ton identité d'ours vosgien mal léché ? Je répète : s'il y a des pizzas au village, pourquoi n'y aurait-il pas des tartes flambées à la ferme ?

— Puisque je te dis que c'est pas la même chose ! Les pizzas, c'est vosgien !

— Les pizzas, c'est pas vosgien, tête de quetsche !

— Les pizzas, ça fait des siècles qu'on en fait par ici donc c'est comme si c'était vosgien !

— Alors dans des siècles, les tartes flambées seront vosgiennes, elles aussi !

— Dans des siècles, on verra, mais pour l'instant c'est un plat boche ! Et arrête de philosopher, ça me donne mal à la tête !

Il se tourna vers Francis.

— Elle me tue, je te dis !

Blanche s'était installée dans la chambre des parents Grosdidier depuis une semaine. Elle avait fait un aller-retour à Nancy avec Jean-Didier et Jean-Jean, pour récupérer ses affaires (deux valises en tout et pour tout) et donner son congé à la vieille dame qui lui louait une chambre. Une tornade était entrée dans la ferme ! Elle avait trouvé un vieux clairon en cuivre dans la remise et sonnait le réveil tous les matins à 7 heures. Jean-Mo se bouchait les oreilles, plongeait sa tête sous l'oreiller en jurant. Elle avait viré la carcasse du scooter de la cuisine, changé les joints des robinets. Elle inspectait la cour, l'état des murs, les planches rongées de la grange. « Et la palissade ? Vous avez vu l'état de la palissade ? Une honte ! » « Et cette carcasse de bagnole, elle va rester là longtemps ? On se croirait dans un camp de gitans ! » « Et l'enduit sur les murs extérieurs qui s'effrite ? Les volets de guingois ? Les fenêtres barbouillées de crasse ? » Les marches du perron, ainsi que les encadrements des portes et des fenêtres, étaient en pierre taillée. Sur celui de la porte d'entrée était gravé le fameux renard pendu auquel elle redonna son éclat. La ferme devait être belle comme un sou neuf pour accueillir la clientèle !

Elle avait mis Jean-Jean dans sa poche, l'avait convaincu d'abandonner ses idées de palaces tropicaux. « Aller se faire suer dans les îles à crabes avec des super-riches tarés alors qu'on a une petite ferme mignonette au milieu de la forêt ! Enfin, Jean-Jean ! »

Le benjamin des frères Grosdidier était revenu dans la salle à manger avec ses seaux vides quand

Jean-Mo proposa à Francis d'aller boire un coup chez Pierrot.

— On vous accompagne, décréta Blanche.

Jean-Mo grimaça avant d'envoyer un SMS à Jean-Didier pour qu'il les rejoigne quand il sortirait de chez le colonel où il s'était réfugié pour la journée.

Sur le trajet, Blanche essaya de questionner Francis sur son travail dans la forêt mais le bûcheron était tout sauf causant.

— Ce n'est pas trop dangereux de couper des arbres ?

Francis leva les yeux au ciel. Les arbres, ça tombe où on leur dit de tomber ! Du moins quand on n'est pas un entrepreneur de travaux forestiers ! Il ne répondit rien.

— Vous ne vous ennuyez pas tout seul dans la forêt ?

Il exhiba Jean-Pierre de sa musette. Blanche, Jean-Mo et Jean-Jean cavalaient derrière lui à travers bois dans le jour finissant. Francis portait des grosses chaussures de marche, un pantalon en treillis camouflage et un vieil anorak noir. Il avait une boussole dans la tête. On lui disait « On va chez Pierrot », il tendait le bras dans une direction et il n'y avait plus qu'à marcher en ligne droite. Les routes, les chemins, les sentiers que les hommes traçaient depuis des millénaires, il s'en foutait. Tout droit, c'était sa devise, et sus à l'obstacle ! Au-dessus de la tourbière, ils coupèrent par un bout de lande avant de regagner la forêt.

En contrebas, ils entendirent soudain un bruit de boîtes de conserve qu'on entrechoque. Tout le monde s'arrêta. Un poney surgit bientôt de la pénombre, monté par un grand dadais en armure dont les pieds touchaient presque terre. Un bouclier pendait à son épaule, il tenait les rênes du poney d'une main, une lance de l'autre. Ses mollets étaient recouverts de jambières en fer-blanc qui se prolongeaient par des solerets pointus attachés avec des courroies. Sur le torse, il portait une cuirasse sur une cotte de mailles qui lui descendait aux genoux, et sur la tête un heaume avec deux petites fentes à la place des yeux. Jean-Mo éclata de rire.

— Mais c'est ce sacré chevalier à la noix de coco ! Salut à toi, Gorin ! lança-t-il d'une voix forte.

Le poney s'arrêta. Le jeune homme releva la visière de son casque qui lui cachait la vue et regarda autour de lui.

— Salut à toi, noble Jean-Maurice ! cria-t-il quand il vit la petite bande en haut du ravin. Et salut à tes nobles amis !

— Salut Gorin, répondit Jean-Jean.

— Qu'est-ce que c'est que ça... demanda Blanche à voix basse.

— Gorin le Lorrain, répondit Jean-Jean. Arnaud Laroque à l'état civil. C'est le fils du maire. Il est un peu...

— Pas besoin de me faire un dessin.

Il avait eu sa période Billy the Kid. Il entrait deux fois par jour chez Pierrot en balançant un coup de pied dans la porte, un pistolet en bois dans chaque pogne. « Haut les mains, bande de cloportes ! » hurlait-il. Les clients alignés au bar levaient tous les mains au-dessus de leur tête et Billy repartait en courant. Depuis un an, il était Gorin le Lorrain et patrouillait dans la forêt autour du village. Parfois, il revenait au petit trot et traversait le bourg en hurlant : « Ils arrivent ! Ils arrivent ! » Le vieux Marcel accusait en secret sa femme d'avoir transmis le mauvais gène.

— Bonne patrouille ! cria Jean-Mo.

— Merci, noble Jean-Maurice !

Gorin se tourna vers Blanche, baissa la tête :

— Vous êtes fort belle, mademoiselle, et je salue humblement votre céleste beauté.

Il rabattit la visière de son casque, donna un petit coup de rênes au poney et tous deux s'éloignèrent lentement à travers les arbres. Un peu plus loin, on entendit le chevalier gueuler : « Jérusalem, Jérusalem, quitte ta robe de tristesse ! Chante et danse pour ton Dieu ! » Sa voix et le tintement des boîtes de conserve furent progressivement absorbés par la forêt. Jean-Mo se bidonnait toujours. Croiser Gorin le Lorrain lui rappelait qu'il y avait plus con que lui sur la terre !

Ils reprirent leur chemin en direction du Lion d'Or.

— En tout cas, il est bien galant ce chevalier, constata Blanche.

— Bof, répondit Jean-Mo.

— Quoi, bof ?

— Bof, je te dis. J'y crois pas trop, moi, aux compliments…

— Qu'est-ce que ça veut dire ne pas croire aux compliments ?

— Les compliments que font les hommes aux femmes… J'y crois pas, c'est tout. Tout ça c'est faux cul et compagnie si tu veux mon avis.

— Et pourquoi ce serait faux cul de faire un compliment à une femme ?

— Pour un mec, ce qui compte, c'est pas ce que veut entendre une femme…

— C'est quoi qui compte alors ?

— Pour le dire franchement, sauf respect, c'est du moment qu'il y a un trou.

Blanche se tut quelques secondes.

— Au fond, je ne serais pas étonnée qu'un romantique somnole tout au fond de toi, reprit-elle.

— Un romantique ?

— Exactement.

Il se tut à son tour et continua de marcher d'un air pensif. Ils arrivaient à l'entrée du village.

— Un romantique, répéta-t-il plusieurs fois. Tu vas rire, mais si je réfléchis bien, je me rends compte que je ne sais pas exactement ce que c'est qu'un romantique. Ce ne serait pas par hasard quelqu'un qui chiale souvent ?

— C'est une définition comme une autre.

— Pour moi un romantique, c'est un mec qui regarde un coucher de soleil et qui se met à chialer, reprit Jean-Mo.

— Tu chiales devant les couchers de soleil, toi ?

Il éclata de rire.

— Ça risque pas…

— Tu t'en fous des couchers de soleil ?

— Complètement !

— Donc t'es romantique.

— Ah bon ? Merde alors, c'est exactement l'inverse de ce que je croyais…

Ils arrivèrent au Lion d'Or.

— Un romantique, c'est un mec qui s'en fout des couchers de soleil et qui pense que les femmes sont des trous, conclut Blanche.

— Ça alors, mais c'est moi tout craché ! Dis donc, je suis un romantique. Quand je vais raconter ça aux copains !

VII

Le vieux Marcel Laroque fréquentait peu le café en semaine. Le samedi, en fin d'après-midi, il ne dédaignait cependant pas de venir déguster deux ou trois kirs au comptoir, qu'il faisait traîner jusqu'au dîner. Il serrait les louches, écoutait les doléances, prenait la température du village. Le café était plein, il y avait un joyeux brouhaha et des rires. « Ça fait partie du métier », disait-il à sa femme qui lui reprochait de rabaisser sa fonction de maire en fréquentant ce bouge. Elle-même n'y avait jamais mis les pieds. Le seul café qu'elle acceptait d'honorer de sa présence était le café Armani sur la Croisette ! Une ou deux fois durant l'été, coiffée d'un chapeau de paille à ruban et large bord, elle y buvait d'un air pincé une coupe de champagne avec son mari en costume blanc. L'été précédent, ils s'étaient retrouvés à une table à côté de Patrick Bruel, qui avait accepté de poser avec elle le temps d'un selfie. « C'est un homme très simple, très authentique mais aussi très fragile », avait-elle expliqué à la femme du sous-préfet lors d'un pince-fesses à Saint-Dié-des-Vosges. La photo encadrée trônait sur la cheminée de leur maison.

Quand ceux du Renard Pendu entrèrent, tout le monde se tut durant quelques secondes et dévisagea Blanche. La folle rumeur courait depuis une semaine. Une fille magnifique tombée du ciel qui s'installe à la ferme des Grosdidier pour rouvrir l'auberge ! Un canon chez les gueules de soupe au lait, les renifleurs de cul ! Était-elle jolie comme on le disait ? Des obus comacs chantés par le gendarme aquisextain *avé les mains* ? Lolos qui dansent, qui sautent et qui rayonnent ! Un valseur à grimper sur un rocher et aboyer en direction de la lune ? Force est de dire qu'elle était encore mieux ! Son minois, sa queue-de-cheval, le blond de ses cheveux, ses yeux, mon Dieu, et sa présence. Et quelle présence ! Féerique, oui, monsieur !

Le père Schmidt, accoudé au comptoir, n'en revenait pas. Il était fier, pardi, une si jolie « pays » ! On se foutait assez de lui dans le village, de son accent, de ses bretzels, de son amour de la petite *Heimat* qui filait droit : 90 % de remboursement des soins et une caisse maladie bénéficiaire ! La bonne mentalité tétée au sein, petite Alsace qui dit bonjour et traverse dans les clous ! Pas latine pour un sou, Corse et Marseille, salut ! Les petits arrangements, les sous-la-table, les je-construis-sans-permis, les accolades-et-je-te-fais-les-poches : oublie ! Suisse, oui, teutonne même si on veut, et plus si affinités ! et garde-à-vous, une-deux, ça marche ! Voilà ce qu'elle donne, l'Alsace, bande d'amateurs de sieste, vous les grilleurs de feux rouges ! Petit pays sérieux et travailleur de blondes à couettes, joues roses et rose tétine !

Il était en train de discuter avec les frères Guillon, les intellos du village, que tout le monde surnommait Arctique et Antarctique, et qui s'étaient tus à leur tour quand Blanche entra, vaguement suspicieux. Ces deux-là fatiguaient tout le village. C'étaient les frères Goncourt de Saint-Pierre-aux-Puces ! À 61 et 63 ans, ils vivaient encore chez leur mère et se passionnaient pour les expéditions polaires, celles du Nord pour l'aîné, du Sud pour le cadet. Tu parles si on s'en foutait par ici ! Ils passaient leur journée (au chaud) à lire des livres et à voir des documentaires sur la question avant de venir au bistrot se chicaner à propos des mérites comparés des expéditions Dumont d'Urville et Amundsen. En dehors de cela, c'étaient des vrais tam-tam, rien à en tirer.

Quand ils vous mettaient le grappin dessus, ils ne vous lâchaient plus, les emmerdeurs polaires !

Le major Vidal, qui buvait le coup avec Jojo et un troisième pandore, se leva précipitamment de sa table pour baiser la main de la *madomaisèla.* Pour qui se prend-il, le Narbonnais ? se demanda Pierrot *in petto.* Le maire vint saluer Francis et les deux hommes évoquèrent brièvement les parcelles à déboiser que le bûcheron était allé repérer la veille.

Thierry Marchal, le journaliste, était là, lui aussi, tout au bout du comptoir, accompagné de… oh mais qui voilà… mais c'est ce bon vieux Pottard ! L'écrivain du moi-moi-moi, génie tourmenté, salonard de compétition, le sacré ci-devant tricard Yvon Pottard !

Viré du salon comme un malpropre, humilié par Gomorrhe, il avait décidé d'errer comme un maudit dans la forêt d'Ennuyeuse Tristesse. Il prit des sentiers isolés, récitait des ballades de Charles d'Orléans, menaçait le ciel de son poing, pleurait parfois. Le soir, il se saoulait dans des bistrots de village, parlait de son âme endolorie à des ivrognes rigolards, repartait dans la nuit en tirant sa petite valise à roulettes. Il avait dormi dans une grange, dans une filature en ruine, dans un ancien lavoir, recroquevillé derrière le bac en pierre. La journée, il marchait au hasard en direction de la montagne. Son téléphone était coupé, lui-même était coupé du monde, avec pour seule compagnie Yvon Pottard qui l'enchantait de son esprit, l'apitoyait par sa souffrance.

Il découvrait la jouissance d'être incompris, seul et malheureux, notait ses bons mots dans un calepin, se donnait un spectacle à lui-même. Il aurait voulu qu'on s'inquiétât de lui à Paris. Mais où est donc passé Pottard ? Pourquoi tant d'injustice à son égard ? Et s'il tombait dans un fossé et mourait là ? Ne serait-ce pas une belle vengeance ? Et si tout le monde s'en foutait ?

Il avait remonté la vallée de la Moselotte jusqu'au camping de la base de loisirs, désert en cette saison. Il avait pu louer un petit bungalow humide, avait descendu une mignonnette de whisky au bord du lac en jetant des cailloux dans l'eau. « Retiens-moi, Yvon, où je me plonge dans ce triste lagon », murmura-t-il à 22 h 35. Il remonta dans sa cabane, pissa dans le lavabo et se coucha sous les draps glacés.

Le lendemain, sa pérégrination le conduisit à Saint-Pierre-aux-Puces où il loua une chambre au Lion d'Or. Allongé sur son lit, fumant malgré l'interdiction, il savoura d'être un écrivain célèbre réduit à son anonymat. Il adorait les chambres d'hôtel. Quand on lui demandait de définir la liberté, il répondait toujours : « une chambre d'hôtel dans une ville inconnue ». Il ne s'y passait rien. On y dormait, et puis on repartait. Entre les deux, on avait eu le temps de rêver d'une autre vie.

Le samedi midi, enfin, il descendit déjeuner au restaurant de l'hôtel. Il mangeait un gigot d'agneau aux flageolets, seul à une table, quand un type au bar le regarda avec insistance. Pottard était parfois reconnu à Montparnasse, rarement à Paris, jamais en province. Il fit mine de ne rien remarquer. Le type finit par s'approcher en lui demandant s'il était bien Yvon Pottard. « C'est bien moi », répondit l'écrivain d'un air indifférent (être reconnu dans ce patelin lui avait pourtant donné l'envie secrète de se déshabiller et d'aller courir nu dans les bois en hurlant).

— Tu ne me remets pas ? Thierry Marchal !

Pottard buvait un coup de rouge. Il reposa son verre. Son visage s'illumina. Il se leva et prit théâtralement Marchal dans ses bras.

— Ça alors ! Ce vieux Thierry Marchal ! Merde alors !

Ils n'avaient jamais vraiment été copains mais s'étaient fréquentés du temps où le journaliste défendait la culture à Paris. Ce salaud avait même descendu deux de ses romans ! « L'esthétisme boutonneux ne connaît plus de limites », tu parles s'il s'en souvenait ! Pottard était pourtant drôlement content de le revoir, ne serait-ce que parce qu'il commençait à s'emmerder sérieusement à picoler seul en maudit depuis des jours !

— Assieds-toi, prends un verre ! disait-il. Ah, ça fait plaisir, parole ! « Le hasard, sobriquet de la Providence », disait Chamfort ! Quoi, tu n'as jamais lu Chamfort ? Mais il faut lire Chamfort, mon vieux, tu ne sais pas ce que tu rates !

Marchal récupéra son verre au bar et s'assit en face de Pottard. Il l'avait toujours pris pour un gros con prétentieux, et pourtant lui aussi était content de la revoyure ! C'était un peu de sa jeunesse qu'il retrouvait, tous les souvenirs sacrés du temps jadis ; il avait l'impression de croiser un pote de régiment ! Les deux hommes parlèrent « métier ». Et Machin ? Quoi, t'es pas au courant ? Il ne dépasse plus les cinq mille exemplaires ! Et Bidule ? Il est passé chez Gallimard ! Et Truc ? Goncourable depuis qu'il a signé chez Grasset ! D'ailleurs, sa copine siège au jury ! Marchal retrouvait le petit milieu, ses codes et son érudition mondaine, l'excitation de l'initié, le sentiment d'en être, de tutoyer les dieux !

Il était au courant de la disgrâce de Pottard. Il avait lu quelques papiers dans les journaux et un collègue de *Vosges Matin*, édition Épinal, lui avait raconté la dernière banderille que les féministes intersectionnelles lui avaient plantée dans les roubignoles. Il lui demanda ce qu'il comptait faire, l'idée d'un entretien se présenta à lui (Titre : « "Je traverse une mauvaise passe." Rencontre avec l'écrivain Yvon Pottard, de passage dans les Vosges du Sud »). Journaliste, une vocation ! Bref, ils picolèrent tout l'après-midi, si bien que lorsque la bande de Jean-Mo arriva vers 18 heures, ils étaient complètement poivrés. Pottard parlait haut et fort, avec des grands gestes. Il balançait des citations à la cantonade. « Un homme sans défauts est une montagne sans crevasses. Il ne m'intéresse pas. » Mais la salle réagissait mollement à ses saillies littéraires.

— J'imagine que personne ne connaît René Char dans le coin, s'insurgeait-il. C'est pas trop votre truc, la lecture, pas vrai ? On préfère la télé en province. Remarquez : chacun son truc… Patron, remettez-nous une tournée !

Les intellos locaux, Arctique et Antarctique, commençaient à avoir les abeilles. Ils complotaient pour le brancher sur les expéditions polaires, histoire de voir ce qu'il avait dans le bide, ce fanfaron. Pour une fois, ils feraient front commun pour écraser l'ennemi. À eux deux, ils couvraient toute la science, de Pythéas à Jean-Louis Étienne et de von

Bellingshausen à sir Vivian Fuchs ! Ils allaient lui balancer de l'Anaximandre à la tronche, le mettre à genoux à coups de Parménide ! Dans les étoiles, son René Char !

Il avait également failli y avoir un pétard avec le père Schmidt. Dans son salon trônait un perroquet empaillé auquel il tenait comme à la prunelle de ses yeux. Le piaf avait appartenu à son grand-père, un aubergiste patriote au temps du Reichsland, qui lui avait appris à gueuler « Vive la France ! » dès que la porte de l'auberge s'ouvrait. La guerre de 1914 avait éclaté depuis quelques jours quand deux gugusses de la Feldgendarmerie entrèrent un soir pour boire le coup. « Vive la France ! » gueula le jacquot comme à son habitude. Les casques à pointe lui tordirent le cou sans autre forme de procès. Le grand-père le fit empailler et posa une plaque en cuivre sur le socle avec écrit : « Mort pour la France ». Le martyr était depuis l'icône de la famille Schmidt.

Marchal, poivré, avait commis l'erreur de raconter l'anecdote à Pottard, qui s'en gaussa un peu trop bruyamment. Bien sûr, tout le monde se marrait au village, imaginant les époux Schmidt à genoux devant le papagai ! Mais dans son dos ! Car si le père Schmidt était plutôt calme et pondéré, malheur à qui insultait son perroquet vranzais ! C'était pour lui une question d'honneur patriotique. L'Alsace était sa mère chérie, la France, son glorieux père. Pas touche à l'une ni l'autre ! Il s'était approché de Pottard, blanc comme un linge.

— Je peux savoir quelle est cette histoire de perroquet qui semble tellement vous amuser ?

Pierrot sortit de son bar en catastrophe ! Alerte de niveau 10 ! Après les bûcherons pleins comme des boudins qui s'accusent mutuellement de travailler comme des cochons (leur tronçonneuse attendant sagement dans le coffre de la voiture garée devant le bar), le perroquet mort pour la France était la principale source d'emmerdements du pays ! Il désamorça l'affaire habilement tout en faisant des signes au Parisien : Ferme-la !

Deux ans auparavant, un représentant de commerce de passage ayant appris l'existence du babillard avait, lui aussi, un peu trop lourdement ironisé sur la question. Le père Schmidt avait claqué la porte du café pour revenir dix minutes plus tard avec son fusil de chasse : « J'exige des excuses circonstanciées, sincères et honnêtement formulées. » Le représentant s'était exécuté, avait fini sa bière cul sec ; on ne l'a plus jamais revu.

Blanche, Francis et les deux frères Grosdidier s'installèrent au comptoir et commandèrent des demis d'amer-bière, panaché pour Jean-Jean. L'ex-serveuse du salon du livre avait reconnu l'écrivain qui une semaine auparavant avait essayé de la draguer. Le samedi en fin d'après-midi, il s'était accoudé à la vitrine réfrigérée et avait commandé un whisky en clignant de l'œil.

— Vous ne trouvez pas qu'on s'emmerde ici ? avait-il dit d'un air las.

— On n'a pas la licence IV, avait répondu Blanche, que du vin ou de la bière.

— Ah, le charme de la province, avait murmuré Pottard en faisant un deuxième clin d'œil. « Ici, même la pluie devient une distraction », disait ce bon vieux Mauriac. Vous avez lu Mauriac ?

— Vous avez une poussière dans l'œil ? avait répondu la jeune fille.

L'écrivain du moi avait souri bêtement avant de tourner les talons.

Cuité et volubile, il parlait à présent de son travail d'écrivain, de ses souffrances de créateur, de la jalousie de ses pairs. Le père Schmidt, qui était un brave gars, lui avait déjà pardonné ses ricanements intempestifs. C'était la première fois qu'il rencontrait un écrivain ; il en avait encore une haute idée, héritée du passé. Pour lui, un écrivain, c'est simple, c'était Victor Hugo ! Un grand de ce monde, géant surplombant les foules, qui regarde l'horizon la main en visière ! Il ignorait que les barreaux de l'échelle avaient rompu et qu'on avait dégringolé de quelques marches : les nunuches, les rappeurs et les profs de français s'y étaient mis, barbouillant de leurs états d'âme des milliers de feuilles arrachées aux arbres.

Il écoutait Pottard avec intérêt, hochait régulièrement la tête, le flattait même un peu en écarquillant les yeux d'admiration. Le romancier comparait les mots à un cheval sauvage, le roman à un rodéo, l'écrivain à un cow-boy domptant la bête ! Il était en verve, ce con !

— Les mots, faut pas croire, ça rue dans les brancards ! Ça se cabre, c'est sauvage, les mots ! Pour rester en selle, il faut en avoir, pardi ! Et je pense davantage aux pastèques qu'aux olives, bande de rigolos ! À la schlague, les mots ! Tiens, je vais vous dire le fond de ma pensée : écrivain, c'est être un dompteur de mots, ni plus, ni moins !

Soudain, la voix de Blanche interrompit le soliloque :

— Mais il va la fermer sa grande gueule, l'écrivain !

Elle venait de poser son verre en le faisant claquer sur le comptoir et s'était tournée face à Pottard. Il y eut un silence dans le café. Jean-Mo et Jean-Jean écarquillèrent les yeux.

— Co… comment ? murmura Pottard.

— Les chevaux sauvages, la schlague, le rodéo, ça va aller, non ? Il était où le rodéo dimanche dernier quand les harpies vous ont coupé les couilles ? Vous ne l'auriez pas un peu trop domestiqué votre cheval ? Vous ne lui auriez pas un peu trop appris à faire la courbette comme dans les cirques ?

— Je ne comprends pas ce que vous voulez dire…

— Moi, je me comprends, c'est l'essentiel ! Les salons du livre, j'en ai fait des dizaines, figurez-vous. Les écrivains qui font du rodéo dans les bistrots, je connais ! Mais dans les bouquins, ça file droit, ça obéit, ça fait des mignonnes courbettes, ça lèche le cul à l'époque et aux petits flics de la pensée ! La plupart d'entre eux, après deux bières, conchient la terreur morale en ricanant, cette terreur à laquelle ils se soumettent dans leur livre !

— Excusez-moi mais je ne vois pas le rapport…

Blanche s'énerva :

— Ah, vous ne voyez pas le rapport ? Mais ils sont où les écrivains ? À quoi ils servent les écrivains ? Tout part en sucette et vous faites du rodéo ! On retourne au XIXe siècle sur la question sociale et vous vous admirez le nombril ! Moi-moi-moi, ma bite, mon œuvre et mes tourments ! Veux-tu le faire à deux, à trois, passion poupée gonflable, hantise de l'enculerie ! La liberté chérie !

Le maire intervint dans la conversation :

— Comment, la liberté chérie ? Si je ne m'abuse, je perçois là une forme d'ironie tout à fait inconvenante… Vous n'allez pas nous dire que vous êtes contre la liberté quand même ? On ne peut pas être contre la liberté !

— Tout dépend de ce que vous appelez « liberté » ! Vous croyez vraiment qu'un seul gouvernement français depuis Clovis a été contre la liberté ? Qu'il a interdit de travailler, d'aller boire un coup au bistrot, de se balader dans la forêt ou de batifoler dans les foins ? Alors vous voulez quoi de plus ? C'est quoi cette merde superfétatoire que vous réclamez sous le nom de liberté ? Les mœurs, le commerce, la contestation, changer de sexe ? Vous avez vu où elle nous a menés votre liberté ? À des pères qui sont des mamans, des femmes qui se font greffer des verges, des grands-mères qui sucent au cap d'Agde ! À des programmes pour mongoliens à la télé, les enfants gavés par les hamburgers, hypnotisés par les écrans, crétins obèses et couillons, dégénérés mais libres ! À de la solitude et du malheur, de la névrose bourrée aux antidépresseurs, des larmes et de la laideur en survêtement, voilà à quoi elle vous a menés votre liberté chérie ! Alors, vous savez quoi ? Je lui dis merde à votre liberté ! Sans compter la liberté de migrer qui est en train de faire de la France une terre africaine !

— Terre africaine ? Oh, oh ! Attention à ce que vous dites, mademoiselle ! C'est une accusation gravissime !

— Oui, terre africaine, parfaitement ! Et sciemment encore, volontairement ! Les « migrations de remplacement » annoncées par l'ONU ! Mais ouvrez les yeux, bon sang ! Les conquérants sont dans les murs, choyés des collabos, des lâches et des dhimmis ! Votre République tombe en lambeaux, comme atteinte par la gale ! Les banlieues font sécession les unes après les autres ! Les maires se courbent, baisent les babouches ! Et maintenant on s'occupe des villages ! Tiens, celui-ci se dépeuple, comblons le vide avec des Africains !

— Enfin, c'est tout de même bon pour l'activité...

— On s'en fout de l'activité ! Les peuples ne sont pas interchangeables ! On a cinq siècles de civilité dans le dos, nous autres ! Le rapport aux femmes, au badinage, à la politesse, à la conversation, à la violence : cinq siècles ! Un long et lent formatage parti d'en haut qui a fini par irriguer le peuple tout entier. Au XIVe siècle, on pissait sous la table ! Érasme recommandait encore de ne pas retenir « un vent produit par la nature » ! Lent, très lent processus… qui nous échappe ! Fourchettes, serviettes, main devant la bouche, sphincter au garde-à-vous ! Ce sont les morts qui nous gouvernent, monsieur le maire ! On n'est pas des petits individus partis de rien, capables de tout. On appartient à une histoire qui nous dépasse, qui a fixé nos conduites dans ses grandes lignes sans qu'on le réalise, qui nous fait agir « naturellement » alors qu'on est pétris par les siècles ! Il faut être nigaud pour croire que tous les individus sont les mêmes, qu'ils ont la même vision du monde, qu'ils sont vierges de tout déterminisme culturel et qu'on peut les faire cohabiter sans problème !

— Allons, allons, vous dites des horreurs, je suis sûr que vous ne les pensez pas… Et puis vous exagérez, certains s'intègrent…

— Bien sûr que certains s'intègrent. Heureusement que certains s'intègrent ! Mais ils sont rares, ceux qui s'intègrent. Quelques individus hors norme, le plus souvent mûs par l'amour de la France dont ils ont pris la culture au sérieux. Chez ceux-là, la formation accélérée a fonctionné : ils ont rattrapé les siècles en quelques années. Mais ne rêvez pas, ils sont l'exception, la plupart viennent en ennemis ;

ils nous méprisent et nous détestent. Ce sont des envahisseurs qui rêvent de transformer le pays à l'image de ceux dont ils viennent : une poubelle du tiers-monde violente et puritaine... Tout ça avec la complicité d'élites pourries qui nous promettaient trois prix Nobel par rafiot débarqué à Lampedusa !

— Sans aller jusqu'à affirmer que l'immigration ne pose aucun problème, je pense que vous êtes excessive, décréta le maire qui voulait en finir avec le sujet. Ce qu'il faut, c'est tenir bon sur la laïcité et tout ira bien.

— La laïcité ! Non mais la laïcité ! Au secours ! Sauf respect, monsieur le maire, la laïcité n'a jamais donné un seul Français. Pas un seul ! Et vous savez pourquoi ? *Parce qu'il faut d'abord être français pour être laïque* ! C'est la fameuse charrue avant le fameux bœuf ! Vous comprenez le problème ? Ni l'école, ni la laïcité, ni même votre foutue République n'ont jamais fait et ne feront jamais des bons petits Français ! Seules les mœurs françaises font un Français ! Vivre à la française, penser à la française, avoir une histoire française ou la reprendre à son compte ! Le reste, c'est de la rigolade, du carton plastifié tricolore brandi sur les plateaux télé par les Belphégor des déserts ! Pour être français, il faut accepter de vivre en Français, point final !

— Mmmh… Vous savez ce qui vous manque, mademoiselle, c'est un peu de générosité. Ces pauvres gens que vous refusez d'accueillir sont bien malheureux chez eux et c'est tout à l'honneur de notre pays de les recevoir…

— Générosité ? Vous me parlez de générosité ? Et si votre générosité se termine par des fleuves de sang, ce sera toujours de la générosité ? Alors, vous êtes du côté des minables curetons, ces petits dhimmis en robe, parasites lunaires illuminés qui courent au sacrifice avec des gueules de saint carême ? Du côté du grand dadais des pampas, le mangeur de foin de la Patagonie, jésuite bipolaire ahuri à calotte, ce guanaco mitré aux dents de lapin qui vend l'Europe pour 30 deniers ! Qu'est-ce que c'est que la générosité quand elle finit par produire la pire des bassesses, le chaos, le malheur de tous et la dépossession du cher pays ? Et générosité pour qui d'abord ? Pour les gamins français obligés de baisser la tête tous les jours devant l'occupant ? Les petits Blancs passés à tabac ? Les femmes violées par les migrants ? Les curés égorgés ? Les profs décapités ? Les victimes du Bataclan ? Les amateurs de feux d'artifice sur la promenade des Anglais ? Alors, ça ne vous suffit pas ? Vous en voulez encore, de la générosité ? Vous attendez le gaz sarin dans le métro, l'attaque d'une maternelle à la kalachnikov ? Vous ne les voyez pas pulluler, tous les petits gars sympas que votre générosité a fait rentrer et qui poignardent au couteau comme on se gratte le nez ? Les qui aident les grands-mères à traverser la rue, les « toujours gentil, toujours poli, on n'aurait jamais cru » qui finissent par ouvrir des gorges au hasard et louer des camions pour foncer dans les foules !

— Ce sont pour la plupart des déséquilibrés, je vous le rappelle…

— Oh, bien sûr que ce sont des déséquilibrés ! Il faut probablement l'être un peu pour décoller une tête de son corps avec un couteau… Mais je vous rappellerai à mon tour que ces déséquilibrés, du fait précisément de leur déséquilibre, sont simplement les premiers à obéir à des ordres qui, eux, sont donnés par des gens parfaitement équilibrés. Ce sont les petites mains du djihadisme, la chair à canon de la guerre qui vient, la première ligne qui n'a plus rien à perdre. Vous connaissez la Nuit de cristal ?

— Bien sûr, mais quel rapport ?

— Vous croyez qu'ils étaient très équilibrés ceux qui se sont rués sur les boutiques pour les briser, violer les mères et les filles, tuer les pères et les fils ? Vous croyez qu'on y avait envoyé le haut du panier ? Les poètes et les ingénieurs, les gens heureux, les parfaitement bien dans leur peau ? Eh bien non, monsieur le maire. On y avait envoyé la racaille, les déclassés, les aigris, les marginaux, tous les demi-cinglés. Mais la grande différence, monsieur le maire, c'est que personne dans le monde à l'époque, vous m'entendez, personne n'a considéré la Nuit de cristal comme un acte de déséquilibrés…

Blanche reprit sa bière sur le comptoir et but une longue gorgée. On entendait une mouche voler. Tout le monde était un peu sonné. Les clients n'en revenaient pas ! Tous pensaient évidemment la même chose mais merde, c'était bien dit ! Bien sûr qu'on en avait marre de toujours passer après les autres, de se faire cracher à la gueule matin, midi et soir, d'être les coupables éternels, les sacrifiés, les pue-du-bec ! Marre des emmerdeurs qui trouvent qu'il y a trop de Blancs dans un pays blanc ! Marre de cette justice de collabo qui nous interdit de dire ce qu'on voit ! Marre des chimpanzés à capuche qui veulent pendre les bébés blancs ! Et puis marre, tant qu'on y est, des bureaux de poste qui ferment, des gares qui sont murées, des industries qui s'évaporent, des nouveaux boulots pour torcher le cul des vieux, salaires qui stagnent, prix de l'essence en hausse, électricité qui hausse, gaz qui hausse, tout qui hausse ! Et les féministes qui défilent aux côtés des lapideurs pour dénoncer les mains baladeuses ! On veut nous euthanasier là-haut ou quoi ? On va ranger les gilets jaunes dans le coffre et sortir les fusils si ça continue !

Jean-Mo, lui, était tout fier. L'emmerdeuse patentée, sonneuse de clairon matinal, l'impérialiste aux lardons était soudain sa grande copine !

— Elle cause bien mon associée, pas vrai ? disait-il à la cantonade.

On approuvait, on acquiesçait. Bon, c'était un peu philosophique quand même, les fourchettes, les serviettes, la Nuit de cristal ; certains auraient fait plus court, moins politiquement correct !

Thierry Marchal était rêveur. Un peu choqué par le discours, mais le regard professionnel. Pour les redresser, voilà ce qu'il faudrait publier dans les journaux. Bon Dieu, ça changerait du sirop habituel, du vivre-ensemble et du pas-d'amalgame, chance pour la France et mondialisation heureuse, tous ces slogans auxquels plus personne ne croit, et surtout pas ceux qui les écrivent !

Les journaux gavés de subventions vivaient sans lecteurs et racontaient pour les fantômes la vie sur Mars. Les pièces de théâtre gavées de subventions mettaient en scène des amitiés touchantes entre Mohammed, David et Christian devant des salles vides. La littérature se regardait le nombril dans une cellule capitonnée pour y découvrir un paradis transgenre. Tel un ballon gonflé d'hélium, la vie culturelle s'envolait dans la stratosphère et planait dans un monde idéal. Un monde sans sexe, sans race et sans frontières de liberté et d'harmonie totales, quand la guerre en bas faisait rage.

— Et sinon, vous pensez quoi des expéditions du XVIIIe siècle à destination des mers du Sud ?

Arctique et Antarctique s'étaient subrepticement rapprochés de Pottard et avaient fini par le coincer pour lui faire la peau. Lui était accroché au comptoir, blanc comme un linge, sonné comme trente-six cloches. Il avait intégré la vie en dictature liquide, avait appris à cacher ses mauvaises pensées. Oh, il n'était pas dupe et il lui était arrivé plusieurs fois d'ironiser sur la propagande quand elle dépassait les bornes. Mais parler comme venait de le faire la fille ! En public ! Devant des gendarmes par-dessus le marché ! Il attendait le GIGN à présent ! Les cadors de la DCRI-police secrète débarquant d'un supercoptère ! Et si on apprenait qu'il avait été témoin de la scène et qu'il n'avait rien dit ? « Pottard s'enfonce dans l'ignominie » ; « Misogyne, homophobe et maintenant xénophobe ! » ; « Officiel : l'écrivain controversé Yvon Pottard vient d'adhérer au Ku

Klux Klan ! » Il les voyait d'ici les manchettes parisiennes ! La liberté d'expression, il était pour, mais dans l'espace imparti ! Pas touche aux fondamentaux, ne pas déconner avec ça ! C'est comme cracher sur une hostie vers le XIVe siècle, ça finit mal ! La liberté du hamster dans sa roue lui convenait parfaitement ! « Je suis Charlie », oui, et signer une pétition pour faire taire un collègue, la voilà la nouvelle donne !

— Une petite question très facile, insista Guillon-le-jeune : quel est d'après vous le premier navigateur à avoir aperçu les côtes de l'Antarctique ? Je vais vous donner un indi…

— Mais qu'est-ce que vous me voulez avec votre Antarctique ? Arrêtez de me faire chier avec l'Antarctique ! Je me fous de l'Antarctique ! Je ne sais même pas où c'est l'Antarctique ! Ce que je veux, c'est sauver ma peau ! Pouvoir retourner à la Rotonde sans me faire entarter ! Fichez-moi la paix avec votre Antarctique ! Je suis un écrivain français !

Les deux frères rougirent de stupeur et d'indignation avant de tourner le dos à Pottard. Il ne *sait pas* où est l'Antarctique ! Leur opinion sur les écrivains était définitivement arrêtée. Ils n'en changeraient plus jusqu'à l'heure de leur mort.

VIII

Vers 21 heures, Jean-Mo proposa à Thierry Marchal et à son pote écrivain de venir partager une omelette à la ferme avec la bande. Jean-Didier ne les avait pas rejoints, certainement avait-il décidé de rester chez le colonel pour la soirée. Marchal et Pottard étaient ronds comme des queues de pelle. L'écrivain titubait, debout devant le bar, un œil fermé, le doigt levé. Il avait brutalement changé d'opinion sur tout.

— Paris ? De la merde, je vous dis ! La vraie vie, elle est ici, nom de Dieu ! La Rotonde : cher et dégueulasse, voilà ce que j'affirme !

— Et alors ! répondait Marchal, qui tanguait lui aussi. Ce que je me tue à te dire !

— Parfaitement ! Elle est ici la vraie vie ! Et pourquoi on dirait pas la vérité ? Hein ? Pourquoi on la dirait pas, cette foutue vérité, toi qu'es dans le journalisme ? Un écrivain, ça dit la vérité… ou alors… c'est pas un écrivain ! Toujours chercher la vérité : c'est ma philo-hic-sophie ! Tu l'as lu, Romain Rolland ? Moi non plus ! Hahaha ! J'ai appris par cœur des bouquins de citations ! Mais elle en a dans la culotte, la petite, allez, c'est pas tout faux ce qu'elle raconte… Y'en a quand même qui… enfin quoi, on est chez nous ou quoi ! Et les saintes Juste qui m'accusent, c'est normal ? Mesquines ennemies du jute ! Et on devrait la fermer ? Tu sais ce qu'on va faire, mon vieux pousse-crayon ? On va s'envoyer un coup dans la trompette pour fêter la revoyure ! Maître Pierrot, la marée s'est retirée, merde !

Il alluma une cigarette par le filtre, essaya de pomper deux ou trois fois avant de la laisser tomber par terre et d'en reprendre une autre.

— La vérité… murmura-t-il en allumant son clope.

Pierrot posa deux bières devant eux et ajouta deux traits sur son calepin déjà chargé. Pottard trinqua avec Marchal, but une gorgée et tituba jusqu'à Blanche qui parlait avec le père Schmidt de la prolifération des sangliers qui labouraient son jardin potager (c'était le sujet numéro un du village).

— Moi je dis : y en a dans la culotte ! affirma-t-il le doigt toujours levé.

— Qu'est-ce qu'il y a dans ma culotte ? demanda Blanche.

Son verre à la main, il tanguait d'un air ahuri.

— Ben… des cou, des cou-cou…

— Vous croyez que j'ai des coucous dans ma culotte ?

Le père Schmidt se mit à rosir en entendant la fille parler de sa culotte. Il était étonné, aussi. Est-ce que Victor Hugo aurait parlé ainsi à une jeune fille ? Les écrivains n'étaient plus ce qu'ils étaient ! Pottard réfléchissait avec difficulté en plissant le front.

— Façon de dire, quoi !

Jean-Mo lui mit une bourrade dans le dos, sa bière se renversa sur sa chemise.

— Dis donc, sacré chieur d'encre, et si on allait la bouffer, cette omelette, au lieu de parler de la culotte de mon associée ?

Il se tourna vers le comptoir :

— Allez, Marchal, branle-bas de combat !

Ils sortirent du bistrot enfumé à l'odeur de bière et de pastis. Le froid était arrivé en traître comme à son habitude dans le pays, fondant soudain sur la vallée. Ils traversaient la rue piétonne en se frottant les mains quand ils aperçurent Robert Bader et son petit frère François, dit Paco. Ils avaient garé leur pick-up Toyota à la sortie du pont, traversaient la place de l'église pour rejoindre le bistrot. Bobby la Poire avait son éternel treillis militaire et sa grosse chemise à carreaux rouges et blancs, un bandana noir à tête de mort lui entourant le front. Paco portait un jean délavé et déchiré aux genoux, parka kaki sur le dos, casquette de base-ball NYPD sur la tête. Ils marchaient tous les deux en roulant des mécaniques, clope au bec. Ils s'arrêtèrent quand ils reconnurent ceux du Renard Pendu ; Bobby la Poire eut un moment de surprise, salua la compagnie d'un petit signe de tête avant de se mettre à ricaner. Il regarda Blanche de la tête aux pieds, s'attardant ostensiblement sur ses fesses et ses seins. Il siffla grossièrement.

— Alors, la voilà la fameuse poupée… Joli petit lot, ma parole. Bravo, les gars. C'est qui qui se la tape ?

Paco éclata d'un rire gras.

— Laisse tomber, Bobby, dit Jean-Mo.

— T'inquiète, je vais pas te la piquer, Jean-Mo.

Il se tourna vers son frère.

— Pas vrai qu'on va pas lui piquer ?

Paco acquiesça en riant.

L'autre continuait à regarder Blanche comme une pièce de boucherie. Mais son sourire narquois disparut et ses yeux se mirent à briller. Il ne décollait plus les yeux des seins de la jeune fille.

— Tu sais que t'es sacrément bonne, toi. Si tu veux savoir ce que c'est que de te faire baiser par un vrai mec, viens donc voir Rambo un de ces quatre.

Paco gloussa de plus belle. Blanche croisa les bras et regarda Bobby dans les yeux.

— À mon avis, t'arrives même plus à bander, répondit-elle calmement. Sans compter que tu dois être bourré de morpions et de poux.

Bobby la Poire écarquilla les yeux. Son frère cessa de rire. Il fit un pas menaçant vers la jeune fille.

— Qu'est-ce qu'elle vient de dire, la pute ?

Jean-Mo fit lui aussi un pas en avant et se plaça entre elle et lui.

— Ça va, Bobby, tu l'as cherché. Maintenant, arrête de faire chier.

Robert Bader s'approcha de Jean-Mo, colla son front au sien. Les deux hommes se toisèrent pendant quelques secondes. Ils faisaient à peu près la même taille, avaient la même corpulence mais vingt-deux ans d'écart.

— T'as du bol que j'aie décidé d'aller boire une bière avec Paco, annonça-t-il finalement. Mais je te conseille de dire à cette petite pute de ne plus jamais me parler comme ça.

Il fit demi-tour, entraîna son frère par le bras. Les deux hommes traversèrent la rue piétonne, balancèrent leur mégot d'une pichenette et entrèrent chez Pierrot.

— C'est qui ce connard ? demanda Pottard.

— Un connard, répondit Jean-Mo.

— Il a bien fait de partir parce que j'étais à deux doigts de lui en mettre une, ajouta l'écrivain en effectuant quelques mouvements de boxe dans le vide.

Jean-Jean se rapprocha de Blanche.

— Ça va ? lui demanda-t-il.

— Oui, tout va bien, ne t'inquiète pas. Ce n'est pas le premier gentleman que je croise dans ma vie.

Ils reprirent leur chemin. Pottard continuait à boxer dans le vide. « Tu vas être poli, dis, gros con ? » Et paf, il lui mettait des beignes. À la sortie du village, Francis tendit son bras vers l'horizon mais, après une dizaine de demis, son GPS cafouillait. Il déplaçait le bras à gauche, à droite, puis de nouveau à gauche : il buggait complètement. « Laisse tomber, Francis, on va prendre le sentier », lui annonça Jean-Mo. Il faisait nuit noire, sans étoiles, et nul n'avait de lampe de poche, mais les deux Grosdidier connaissaient le chemin par cœur.

À peine étaient-ils sortis du village que la température chuta de deux degrés supplémentaires. Personne ne sentait le froid cependant. L'air vif leur fit du bien, les dessaoula un peu. Pottard était en chemise (mouillée), tenant sa veste à l'épaule comme sur le boulevard du Montparnasse. Ils se suivaient à la queue leu leu, l'écrivain du moi fermant la marche. Il vantait la beauté mystérieuse de la nuit, Sa Majesté nocturne et son cortège d'ombres inquiétantes, faisait des grands gestes de sa main libre. Il trébucha sur une racine, tomba dans un fourré.

— À moi ! Au secours ! Je ne veux pas mourir ! Pas comme ça ! se mit-il à pleurnicher.

La petite troupe fit demi-tour, le releva en le tirant par les deux bras. Il se frotta les pantalons, chercha un coupable à sa chute, proposa de réciter le « J'accuse » de Zola qu'il connaissait par cœur.

— Regarde plutôt où tu mets les pieds, lui répondit Jean-Mo.

Mais l'autre repartait déjà dans ses tirades ; il évoquait le cor au fond des bois et les nuages de feu, le romantisme de la jungle ! Jean-Mo s'arrêta net, Pottard buta sur son dos.

— Romantisme ? répéta le colosse en se retournant.

— Et alors ! gueulait l'écrivain. La sylve est une chimère, pardi ! On baigne en pleine mélancolie, camarade !

— Parce que tu te crois romantique ? demanda Jean-Mo en le saisissant par le col et en le secouant.

— Oh ! mollo ! Qu'est-ce qui te prend ? répondit Pottard. T'as quelque chose contre les romantiques ?

— J'ai rien contre les romantiques vu que j'en suis un moi-même, affirma Jean-Mo avec hauteur. Seulement, faut pas me prendre pour un con ! Moi, les romantiques, je les flaire, et si tu veux mon avis, t'en es pas un !

— Comment ça j'en suis pas un ! Qu'est-ce que t'en sais ? Tu me connais pas !

— Je les flaire, je te dis ! (Il toucha son nez de son index à plusieurs reprises.) Tiens, si je te dis « femme », tu penses à quoi ?

— Femme ?

— Ouais, femme, tu sais ce que c'est une femme ? À quoi tu penses quand t'entends le mot « femme » ?

Pottard réfléchit quelques secondes en plissant le front.

— Eh bien… Évanescence, sensualité… pureté… idéal féminin ! « La beauté avec ce je-ne-sais-quoi d'inquiétant qui lui donne un épanouissement, une savoureuse maturité de fruit », disait Miomandre…

Jean-Mo le secoua de plus belle.

— Faux ! Je savais que t'étais pas un romantique !

— Comment ça faux ?

— Faux, je te dis ! Il fallait dire « trou » !

Il le lâcha, pointa le même index sur sa poitrine.

— Faut pas faire le malin avec moi !

Il reprit son chemin à grandes enjambées dans la nuit. L'écrivain attendit qu'il se fût éloigné de quelques mètres, tira sur les pans de sa chemise et s'approcha de Marchal.

— Non mais t'entends ça ? chuchota-t-il. C'est un malade ce type…

Le journaliste haussa les épaules.

— Sans blague, il vient d'être libéré d'un zoo ou quoi… j'ai cru qu'il allait m'en mettre une… un trou, non mais tu te rends compte… il a failli m'en mettre une, je te dis… ma parole, il y a de l'ADN dégradé là-dessous…

Il reprit lui aussi son chemin en grommelant.

Presque au même endroit qu'à l'aller, ils croisèrent à nouveau le chevalier Gorin qui patrouillait. En plus de la lance, il avait désormais un long fouet dans la main droite. Dès que la nuit tombait, il le faisait claquer dans les airs pour éloigner les fantômes, ce qui effrayait Gringalet, son poney nain.

Pottard alluma la lampe de son téléphone portable et le braqua sur le fils du maire. Les plaques de tôle de son armure se mirent à luire dans la nuit.

— Alors, sacré Gorin, toujours en train de patrouiller ? l'interpella Jean-Mo.

— Eh oui, il le faut bien doux beau sire, répondit le chevalier. Si je ne le faisais pas, qui le ferait ?

— Pas faux, répondit Jean-Mo. Mais t'es bien sûr que c'est utile ?

— Utile ?

— De patrouiller… Tu préférerais pas aller boire des coups parfois ?

— Si c'est utile de patrouiller ?

Le chevalier éclata de rire !

— Oh ohoho ! hahaha ! hihi !

Il se tordait sur son poney, se tapait sur les cuisses ! Ses épaules étaient secouées par les spasmes, les plaques de son armure artisanale s'entrechoquaient. La visière de son heaume retomba sur ses yeux. Il redevint sérieux, la releva, fit claquer son fouet dans les airs. Le poney sursauta comme s'il se réveillait brusquement.

— C'est très utile de patrouiller, noble Jean-Mo, je puis vous l'assurer. Les croyances survivent, le saviez-vous ? Depuis que le Christ s'est fait chair, la puissance des démons s'est considérablement réduite mais ce serait folie de penser qu'ils ont été vaincus. Face à sa Face, ils se sont enfuis où ils le pouvaient. Certains ont sauté dans la mer, d'autres se sont glissés sous les pierres et dans les sources, d'autres encore se sont réfugiés dans le creux des arbres. La nuit, ils sortent et ils rôdent. Très très utile (il refit claquer son fouet au-dessus de sa tête, le poney nain sursauta une nouvelle fois). J'imagine que vous êtes en train de rentrer dans votre gentille ferme, nobles compagnons ? Si vous voulez, je peux vous escorter, proposa-t-il.

Pottard braqua la lampe sur le visage de Jean-Mo.

— Ah bah, t'inquiètes pas, on connaît le chemin... et puis on ne veut pas te déranger, va...

— Après tout, ton temps est précieux, ajouta Jean-Jean qui n'avait nulle envie d'une escorte.

— Mais comment donc. Il en va de mon devoir pour ainsi dire. Je considère cette affaire comme réglée, si vous le permettez. Allons, en route, noble troupe. Pour la gloire de Notre Seigneur Jésus-Christ.

Il piqua le poney dans les flancs en agitant les rênes et prit la tête de la petite compagnie. Jean-Jean soupira. Gringalet cheminait lentement, la tête baissée, soumis et fatigué. Le chevalier chantait des psaumes en faisant régulièrement claquer son fouet. Quand le chemin montait, ses pieds touchaient le sol et accompagnaient la marche de l'animal dont l'ombre monstrueuse semblait avoir six pattes. Jean-Mo, Francis, Jean-Jean, Blanche, Marchal et Pottard (sa lampe de poche toujours allumée) le suivirent en file indienne.

Arrivés à la ferme, les frères Grosdidier remercièrent Gorin pour son escorte et lui souhaitèrent précipitamment une bonne patrouille. « À la revoyure ! » lui lança Jean-Mo en pénétrant dans la cour. Tous avaient froid à présent. Pottard éternua, réalisa qu'il était frigorifié et mit enfin sa veste. Le chevalier demeura seul dans la nuit à les regarder s'éloigner et ce que craignait Jean-Mo arriva : Blanche, qui avait bon cœur, lui proposa de se joindre à eux.

— Venez donc vous réchauffer un peu, gentil petit chevalier. Vous reprendrez la patrouille un peu plus tard...

Gorin le Lorrain descendit en quatrième vitesse de son poney en lançant la jambe gauche par-dessus la tête de l'animal, façon cow-boy. Gringalet étant minuscule, ce n'était pas une grande prouesse, ce qui ne l'empêcha pas de rater sa sortie et de s'étaler dans un bruit de tôle froissée. Il se releva, récupéra son fouet et sa lance et mit un genou à terre. Il baissa la tête, les bras en arrière.

— Noble dame, sachez que j'accepte votre proposition avec reconnaissance et humilité. Les démons étant aussi patients que moi, et non moins valeureux, j'affirme que les combattre maintenant ou un peu plus tard ne saurait mettre en péril l'ordre de l'univers.

Jean-Mo leva les yeux au ciel dans la nuit. Le chevalier prit Gringalet par le mors, fit le tour de la ferme et, sans rien demander à personne, l'enferma dans l'étable (où il boufferait le foin que Jean-Didier destinait au poney club). Il ôta la selle de son destrier, se débarrassa de son fouet et de sa lance et rejoignit la bande à la cuisine en se frottant les mains. À la lumière, Blanche remarqua ses cheveux longs qui sortaient du heaume et son long nez pointu rougi par le froid, auquel une goutte était suspendue. Il était tout maigre, taillé dans une allumette, semblait flotter dans son armure. Il s'assit et de sa main gantée de fer donna un grand coup sur la table, ce qui fit sursauter Pottard et Marchal en train de se réchauffer devant le poêle.

— Mes nobles amis, à présent, je réclame de boire du bon vin ! gueula-t-il.

Jean-Mo lança un regard sombre à Blanche qui chercha une bouteille, la déboucha et la posa sur la table avec des verres. Le chevalier saisit la bouteille à deux mains et en but d'un trait la moitié au goulot. Il la reposa en la faisant claquer, expira longuement, déclara qu'il aimait faire bombance entre deux combats et tomba évanoui dans un bruit de casseroles.

— Et voilà, râla Jean-Mo.

Jean-Jean vint l'aider à ramasser le chevalier et

tous deux le tirèrent jusqu'à un coin de la cuisine. Le benjamin des Grosdidier chercha une couverture et la déposa sur les plaques de tôle. Le chevalier ronflait.

— Il est spécial, non ? murmura Blanche en le regardant dormir.

— Qu'est-ce que tu veux que je te dise, répondit Jean-Mo. C'est Gorin le Lorrain, c'est tout. Et encore on peut s'estimer heureux, aujourd'hui il n'a rien cassé. En général, il balance les bouteilles sur les murs.

La dernière fois qu'il était venu à la ferme, il avait aperçu un fantôme dans la salle à manger de l'auberge et l'avait chargé avec sa lance, détruisant tout sur son passage. Le fantôme essayant de s'enfuir par la fenêtre, il avait fini par se servir de sa lance comme d'un javelot (coût de la vitre : 200 euros, déplacement de l'artisan inclus).

Jean-Jean avait remis trois bûches dans le fourneau mais il faisait plutôt frais dans la grande cuisine. L'omelette engloutie, Blanche proposa de passer dans la pièce chaude, le fameux poêle où étaient les fauteuils et le piano, tout l'attirail d'une civilisation. Elle avait trouvé des partitions de lieder de Schubert et insistait pour que Jean-Jean et elle les interprètent. Elle servit des petits verres de marc dans la plus belle vaisselle, distribua des cigares et exigea que l'on cessât de dire des gros mots et que l'on se conduisît honorablement durant la schubertiade. Pottard et Marchal, un peu dessaoulés, se réjouissaient du spectacle ; Jean-Mo et Francis, assis sur la banquette à côté de Jean-Pierre, dos au poêle, ne disaient rien et tétaient amoureusement leur cigare par petites bouffées. Quant à Jean-Jean, il se faisait un peu prier mais était heureux de jouer pour et avec la jeune fille.

Blanche nourrissait une grande passion pour Schubert. Elle l'appelait le « petit bonhomme », en parlait avec de l'émotion dans la voix. Tout la touchait chez lui. Sa solitude, sa timidité, son sourire triste au bord de l'abîme. Sa myopie, ses petits doigts boudinés, sa gourmandise de bonne bière bavaroise. Son absence de cynisme, son ingénuité, sa manière de parler de la mort comme le ferait un enfant. Schubert ne se moquait jamais, ne réclamait rien, ne prétendait à rien. Il était né pour composer, il composa. Mille œuvres qui n'avaient rien révolutionné, n'avaient créé aucune école, n'avaient eu aucune influence. S'il n'avait pas existé, la musique eût été exactement la même ! Il n'était pas un virtuose, n'improvisait pas dans les salons à la manière d'un Mozart. Il ne bâtissait pas en hauteur comme

Beethoven, écrasant tout sur son passage, n'était pas non plus emmuré en lui-même comme Chopin ; il disait ses douleurs avec pudeur, timidité et grâce, l'air de tout le temps s'excuser.

Le petit bonhomme avait ignoré sa propre valeur, et ses amis avec lui. C'était peut-être l'aspect qui touchait le plus Blanche et c'est peut-être ce qui donnait le plus de charme à sa musique.

Les grands génies conscients finissent le plus souvent en représentation, en monument vivant, statufié pour les siècles. Ce sont des titans qui bâtissent des cathédrales pour mille ans, parlent par-dessus leur époque, ont des avis sur le monde et des ambitions planétaires. Blanche préférait le génie modeste du petit bonhomme, le petit génie emprunté qui saute d'une digression à l'autre, génie à taille humaine qui parle aux humains, ces insectes, et les soulage de leur douleur.

Plus de deux cents ans après, elle en voulait encore à l'immonde Goethe de sa méchanceté de génie conscient ! Le petit bonhomme avait mis en musique son poème *Le Roi des aulnes* (et de quelle manière !), qu'un de ses amis envoya au maître. Il aurait suffi d'une seule ligne du libre-penseur de Francfort pour qu'un éditeur accepte de publier la première œuvre d'un jeune compositeur pauvre et inconnu de 18 ans.

L'auteur de *Faust* renvoya le paquet sans un mot, ce que Blanche ne lui avait jamais pardonné (une nuit, elle avait gribouillé des moustaches au feutre noir sur sa statue du palais universitaire de Strasbourg).

Il fallut un peu de temps à Blanche et à Jean-Jean pour s'accorder et trouver la bonne voie. Mais quand ce fut fait, on peut dire que la beauté pénétra dans la ferme du Renard Pendu. Blanche avait une belle voix claire de soprano. Debout à côté du piano, elle chantait le rêve et la solitude, la forêt sombre et la peur de la mort, accompagnée d'un Jean-Jean tour à tour mélancolique et fougueux, dramatique et léger. Pottard pleurait ! L'émotion musicale l'humiliait. Il comprenait que le langage des mots n'était pas de taille à lutter, que le mystère de la musique lui serait toujours supérieur. Comment mettre en mots un clair-obscur sentimental, une petite variation de l'âme, un frémissement ? Même Jean-Mo était ému. À la fin de chaque chanson, il lâchait « Ah ouais, ça c'était pas mal » en hochant la tête, c'est dire.

*

Vers le milieu de la nuit, il neigea pour la première fois de la saison, d'abord timidement, puis à gros flocons cotonneux virevoltant dans l'obscurité.

Blanche arrêta de chanter et pour le remercier d'avoir si bien joué déposa un baiser sur la joue de Jean-Jean (qui devint rouge comme une pivoine). Ils sortirent sur le pas de la porte pour admirer la neige qui se posait sur le sol et les arbres, les recouvrant d'une fine pellicule blanche. Les poules s'étaient blotties dans la carcasse de voiture, gonflant leurs plumes.

Pottard se rua dans la cour, écarta les bras et offrit son visage à la neige sous le regard affligé de Jean-Mo. Marchal l'imita bientôt en riant, suivi de Blanche qui entraîna Jean-Jean par la main. Que les touristes fassent les cons sous la neige, pourquoi pas, mais Jean-Jean ! pensait son grand frère avec dépit.

— La neige, elle vient tous les ans, c'est pas la peine d'en faire un plat, murmura-t-il à Francis, qui acquiesça d'un signe de tête.

Blanche le tira par la main, mais la brute résistait avec des airs offusqués.

— Allez, viens, quoi, on va danser, disait Blanche.

Danser sans musique à 2 heures du matin sous la neige ? Ma parole, elle est encore plus secouée que la laitue, pensait Jean-Mo. Blanche réussit pourtant à tirer les deux péquenots et à les entraîner au milieu de la cour où tous formèrent une ronde. Jean-Mo lançait des regards de noyé à Francis. Ils tournaient dans un sens, et puis dans l'autre, les godillots du bûcheron écrasant la pellicule de neige, crissant sur le gravier. La jeune fille menait la danse avec sérieux. Son corps était souple et nerveux. Elle lâcha les deux mains qu'elle tenait, joignit les pieds, effectua un petit saut à la verticale, retomba sur le pied droit, lança gracieusement le gauche de côté puis le ramena au contact du droit, lança le droit à son tour qui revint contre le gauche et refit un petit saut ! Les autres essayaient tant bien que mal de l'imiter mais les sauts étaient pataudes, les jambes raides et les bras encombrés. Francis se concentrait pour bien faire mais ne décollait pas à cause des godillots. Jean-Mo ressemblait à un ours piqué par un essaim d'abeilles. Seul Jean-Jean avait une légèreté innée, des mouvements à peu près fluides et élastiques. Ils constituèrent trois couples, se donnèrent la main droite, tournèrent à gauche ; se donnèrent la main gauche, tournèrent à droite ; Jean-Mo n'osait regarder son cavalier Francis. Ils se replacèrent ensuite face à face, firent un tour sur eux-mêmes, avancèrent de deux pas en faisant une révérence et reculèrent d'autant ; ils avaient maintenant la main droite dans la gauche de leur partenaire, l'un avançait d'un pas, l'autre reculait d'un pas, et puis l'on revenait à sa place et l'on refaisait un petit saut gracieux. Ils se remirent enfin en cercle, Francis, Pottard et Jean-Jean tournaient dans un sens, Jean-Mo, Marchal et Blanche dans l'autre. Ils se croisaient, s'entrelaçaient, se donnaient la main droite, la lâchaient pour la main gauche, se saluant au passage d'une petite flexion du genou. Ah, mes amis, c'était beau ! Une vraie danse de cour de ferme ! Blanche était émue de voir chalouper les balourds, tous ces corps maladroits qui s'élevaient tant bien que mal dans la grâce. Malgré le froid, des perles de sueur roulaient sur les fronts, les cheveux étaient blancs comme des perruques d'Ancien Régime, les mines, roses, épanouies.

Ils décidèrent au bout d'une heure de rentrer au chaud. Jean-Mo sautillait sur les pointes en marchant. Il faisait des révérences, écartait les bras, tournait sur lui-même, un vrai danseur étoile. L'hippopotame avait pris goût à la java ! Ça lui avait réveillé quelque chose dans l'âme, un vieux souvenir des bourrées ancestrales, la cendre d'une époque où les paysans dansaient en riant, et les rois. Il en était presque à se demander s'il n'avait pas raté une carrière ! Pour se remettre de ses émotions, il chercha des boîtes de bière au frigo, constata que le chevalier au coma avait disparu.

Il s'était réveillé pendant le rigaudon, avait laissé la couverture en boule dans le coin de la cuisine et rejoint Gringalet à l'étable. Au lieu de bouffer une seule balle de foin et n'en parlons plus, le poney en avait brouté une demi-douzaine au hasard, les réduisant à l'état d'un amas informe. C'est Jean-Didier qui allait être content, lui qui avait pris rendez-vous avec le poney club le dimanche matin ! Gorin le Lorrain avait posé le petit tapis sur le dos de son canasson avant de le seller. L'animal-nain avait les flancs gonflés à cause du foin, lâchant de longs gaz silencieux. Le chevalier avait ouvert la porte de l'étable, récupéré sa lance et son fouet avant de grimper sur sa monture. Il avait décidé de faire une dernière petite patrouille avant de rentrer, histoire de voir si tout allait bien dans la forêt. Le poney était sorti au pas dans la nuit et la neige, quittant l'étable à regret ; il marchait tête baissée, de cet insupportable air humilié, dégazant à tout-va.

— À nous deux, les démons, avait murmuré le fils du maire avant de lui piquer les flancs.

Il avait traversé le champ, fait claquer son fouet et pénétré dans la forêt en chantant des cantiques, laissant la porte de l'étable grande ouverte (il était loin de ces contingences).

Vers 5 heures du matin, Pottard et Marchal n'eurent pas le courage de rentrer au village. Après une dernière bière, ils allèrent se coucher dans la grange au-dessus de l'étable, où étaient empilées un tas de bottes de paille qui servaient naguère de litière aux veaux. On y montait par une échelle à l'extérieur, adossée au mur de la ferme. Ils délogèrent un couple de loirs qui disparut en un éclair entre les lattes de bois, éventrèrent trois ou quatre bottes pour faire une large couche et s'allongèrent. Jean-Jean leur avait donné à chacun une couverture de l'armée suisse, une grosse toile en laine grise barrée d'une bande rouge et frappée d'une croix blanche.

Pottard ne semblait pas fatigué. Il était en pleine crise mégalo, se prenait pour le nouveau Kerouac, le vagabond qui dort dans les granges, oublieux des lendemains. Il avait ce don, si on peut appeler ça un don, qui était de s'extraire de lui-même pour pouvoir mieux s'admirer. En ce moment, il se trouvait beau, allongé dans cette grange, dans ce pays perdu, écrivain maudit qui n'avait pas besoin de ceux de sa race pour exister.

Il avait cessé de neiger et la lune s'était montrée. Ses rayons passaient entre les planches de bois, éclairant faiblement leurs visages fatigués. Emmitouflé dans sa couverture, Marchal bâillait. Soudain, il se redressa et bondit sur l'écrivain pour lui arracher la cigarette qu'il venait d'allumer. Il se releva, la balança dehors.

— T'es malade de fumer ici, dit-il en se recouchant. Tout peut s'embraser en une seconde…

Pottard ricana, chercha dans sa mémoire une citation sur l'excès de prudence, n'en trouva pas. Il s'enveloppa lui aussi dans sa couverture, mit les mains derrière la tête et fixa la charpente rudimentaire.

— T'en penses quoi de la danseuse ? demanda-t-il soudain.

Marchal partait déjà dans les vapes.

— La danseuse…

— Blanche. La chanteuse, la danseuse, la réac. Un vrai canon. Si je voulais, je pourrais me la faire.

Lui tournant le dos, Marchal ne put s'empêcher de faire une grimace.

— Mais en ai-je vraiment envie ? Voilà la question. Là, dans la paille, je ne dirais pas non. Moi, la paille, ça m'a toujours donné des envies de grosse poitrine, droite ou gauche, je m'en fous. D'un autre côté, je vieillis. Ne dis pas le contraire, j'ai bientôt 55 ans… Oh, bien sûr, je ne les fais pas, mais il n'empêche qu'ils sont bien là, vois-tu… Il y a parfois des ratés au démarrage, si tu comprends ce que je veux dire… Putain, tu m'aurais vu à 20 ans… Une pub pour soutien-gorge me mettait au garde-à-vous… Bon, le seul avantage, c'est que je ne perds plus de temps avec l'accessoire, l'œuvre passe avant tout…

Il n'arrête jamais, pensait Marchal en soupirant. N'avait-il pas écrit un roman intitulé *Le Bavard de l'aube* ? Ah, non, c'était *Le Hasard de l'aube* !

— Et puis tu sais, l'époque où on pouvait baiser s'achève, crois-moi. Maintenant, elles se réveillent deux ou trois ans plus tard et t'accusent de les avoir forcées. Prends une nana. Elle a un peu picolé, elle couche, le lendemain, elle regrette et affirme que tu l'as violée : tu l'as dans le baba. Tu me diras, moi je m'en fous, bientôt je ne banderai plus, mais pour les mômes qui arrivent derrière… On en viendra un jour à faire signer des papiers que l'on conservera soigneusement dans un coffre-fort comme une assurance-vie… ou plutôt comme une assurance-liberté, héhé.

Il regretta de ne pas avoir son calepin sur lui pour noter cette idée qui lui paraissait brillante. Marchal s'endormait. La voix de Pottard le berçait.

— Tu veux que je te dise comment je vois l'avenir ? Les femmes avec les femmes, les hommes avec les hommes : Sodome et Gomorrhe, oui monsieur. Pour certains, ce sera marrant, pour d'autres, non. Vigny avait tout vu avec deux siècles d'avance : « La femme aura Gomorrhe et l'homme aura Sodome / Et se jetant de loin un regard irrité / Les deux sexes mourront chacun de son côté. » Voilà. Tu t'es déjà fait enfiler ?

La question pénétra avec une seconde de retard dans le cerveau de Marchal. Il ouvrit les yeux dans la pénombre.

— Moi jamais, continua tristement l'écrivain du moi. Ce n'est pas l'occasion qui a manqué, tu peux me croire, je fréquente que des pédés, mais ça ne me dit trop rien. Un trans, je ne dis pas, du moment qu'il y a de la grosse poitrine, ça me va, mais un mec tout plat du torse, je trouve ça… triste… je trouve ça… comment t'expliquer… ce qui me vient à l'esprit, c'est le mot « famine », tu me suis ? Nous, les écrivains, on raisonne de manière poétique. La grosse poitrine, c'est le lait, c'est la vie, c'est la maman, un lien avec la préhistoire. La bite, je m'en fous, j'ai rien pour, j'ai rien contre, y en a, y en a pas ; ce qu'il me faut, c'est de la grosse poitrine, de la bonne grosse poitrine à téter. Du moment qu'il y a de la grosse poitrine, Pottard répond présent. Et de toute façon va savoir si les mecs qui se font enfiler ne vont pas eux aussi commencer à se plaindre d'avoir été violés. On n'en sort pas, mon vieux. On finira tous par se branler.

Il était complètement schlass, s'endormit d'un seul coup. Thierry Marchal vérifia qu'il était bien parti dans la ronflette avant de s'enrouler dans sa couverture suisse (très bonne qualité) et de s'endormir à son tour.

Un étage en dessous, Francis était sur le départ. Blanche et Jean-Jean étaient allés se coucher en même temps que Marchal et Pottard. Ils étaient montés ensemble, s'étaient retrouvés sur le palier. Jean-Jean était gauche, se tortillait les doigts ; allez savoir pourquoi, il avait fini par baiser la main de l'Alsacienne ! Un baisemain à l'époque du survêtement triomphant ! Sacré Jean-Jean et ses mœurs de palace exotique ! Blanche était rentrée dans sa chambre en souriant, vaguement charmée par le pécore ; Jean-Jean avait gagné la sienne groggy, ne réalisant qu'une fois dans son lit son obsolète audace…

Le bûcheron serra la main de son copain, remit Jean-Pierre dans sa musette et sortit dans la nuit. Passé le coin de la ferme, en direction du champ, il tendit le bras vers la cabane et se mit en marche. Mais l'alcool le rendait fanatique. À la sortie du pré, par pure idéologie tout-droitiste, il refusa de faire un petit crochet, se prit un sapin en pleine tronche et tomba sur le dos dans la neige. Il se releva, tendit à nouveau le bras et en avant puisqu'il le faut.

Il parvint tant bien que mal à son abri dont la température avait chuté. Il froissa une feuille de papier journal, la mit dans le poêle, posa dessus des bouts de cagette ainsi qu'une bûche et alluma le tout. Hormis le poêle, il y avait dans la cabane une petite table rectangulaire au milieu de la pièce, un lit une place collé au mur du fond et une commode en sapin sur laquelle il installa Jean-Pierre en position assise. Il se déshabilla et, nu au milieu de la pièce, se figea soudain.

Une logique que l'on pourrait qualifier d'irréfutable l'avait instruit que son petit pantin de bois ne pouvait l'entendre ; c'est donc par gestes qu'il s'adressait à lui. Il écarquilla théâtralement les yeux, décolla légèrement son oreille droite et mit un doigt de la main gauche sur sa bouche. La Bête ! La Bête glatissant !

Il bondit hors de la hutte dans le froid de l'aube, renifla l'air pendant quelques secondes et se mit à cavaler à quatre pattes. Il franchit la petite rivière, traversa la futaie de saules, pénétra dans la forêt de sapins. Fini le tout-droitisme ! Il courait de manière désordonnée, slalomait entre les arbres, dérapait dans la neige, sautait par-dessus les buissons en jappant. Il gravit une pente déserte où des fougères roussies émergeaient des éboulis jusqu'à un gros rocher qui surplombait la forêt et que les gens du pays appelaient le Frognon car il ressemblait à un groin tourné vers le ciel avec ses deux cupules en guise de narines. Il l'escalada et s'y percha. La lune était basse, pleine et blanche. On avait vue sur la vallée endormie et les immenses forêts de sapins blancs qui bordaient ses versants. Le visage tourné vers la lune, il se mit à aboyer, un aboiement rauque qui filait parfois dans les aigus. Un aboiement essoufflé et triste, sans écho, qui semblait venir des entrailles de la terre.

Les animaux tapis dans la forêt se figèrent. Deux biches qui s'abreuvaient dans un petit torrent en contrebas relevèrent la tête avant de bondir de concert et de s'éloigner avec grâce de l'inquiétant sanglot. Une chouette qui nichait dans le trou d'un arbre s'envola lourdement. Un vieux sanglier solitaire, même, confiné dans sa gadoue et ignorant la peur, fit lui aussi jouer l'instinct millénaire, et celui-ci lui commandait de se tenir un peu plus à distance encore du glapissement sinistre.

*

À quelques kilomètres de là, Marchal et Pottard dormaient comme des souches dans la paille, ainsi que Blanche, Jean-Mo et Jean-Jean dans leur chambre respective. Le chevalier à la Triste Figure rentrait chez ses parents et parquait Gringalet dans son enclos au fond du jardin avant d'aller se coucher après une journée bien remplie. « Nous avons mérité un juste repos », avait-il expliqué à son poney nain en le flattant à l'encolure avant de le quitter.

Quand Francis rentra à sa cabane, il était griffé de partout, le corps rougi par le froid et le sang. Il enfila un pyjama épais, s'allongea sous les draps et mit un quart d'heure à se réchauffer, tremblant comme une feuille sous le regard sévère de Jean-Pierre qu'éclairait la lumière blafarde de l'aube. Quant à Jean-Didier, il n'était toujours pas rentré à la ferme du Renard Pendu.

IX

Renaud Dubois venait de se faire couper les cheveux. Depuis l'âge de 17 ans, il les portait mi-longs. Ils étaient fins, tombaient jusqu'aux épaules, taillés au bol avec une frange sur le front. À l'approche de la quarantaine, il avait décidé de changer d'apparence. Une petite tonsure apparaissait sur le sommet du crâne et il voulait s'éviter le ridicule des cheveux longs déplumés.

Anaïs et ses deux enfants de 7 et 8 ans avaient ri en le voyant revenir puis s'étaient habitués en vingt-quatre heures. Sa femme ne tarda pas à le trouver bien mieux comme ça.

Renaud était un beau garçon blond d'un mètre quatre-vingts, le visage hâlé et les muscles longs. Dix ans auparavant, sa première épouse l'avait quitté et il avait démissionné de son boulot de prof d'équitation à Montfermeil. Avec un petit pécule hérité de ses grands-parents plus un emprunt, il avait racheté un centre équestre à la sortie de Gérardmer où il proposait toute l'année des cours de cheval et de poney pour les enfants, et des randonnées pour les adultes à la belle saison. Anaïs avait été l'une de ses premières clientes. Il l'avait emmenée un 15 août au col de la Grosse-Pierre, puis aux lacs de Longemer et de Retournemer, où elle avait été éblouie par la beauté des paysages « canadiens ». Elle montait avec aisance et se passionnait elle aussi pour les canassons. Elle était revenue passer trois jours à Gérardmer à l'automne, trois jours encore à Noël, et s'était finalement installée au début du printemps suivant.

Malgré la naissance des deux enfants, elle n'avait pas hésité à mettre la main à la pâte, s'occupant des chevaux et maniant la fourche avec entrain, mais le centre était à peine rentable et elle avait été obligée de chercher un boulot à mi-temps. Elle effectuait depuis trois ans le secrétariat d'une clinique vétérinaire à Gérardmer. Le couple n'était pas malheureux, même si Renaud regrettait un peu les longues balades romantiques et l'insouciance des débuts. Il était persuadé que sa calvitie naissante et les quelques cheveux blancs qui apparaissaient sur ses tempes étaient liés à la gestion de son entreprise.

Pas un jour sans qu'il ne peste contre les charges et les impôts ! Ancien gauchiste qui voulait taxer les entreprises, il était devenu un libéral pur jus, même s'il l'ignorait.

À 9 h 30 ce dimanche matin, il avait sorti la remorque de la grange et l'avait attelée à son 4 × 4. C'était une longue remorque rectangulaire de tracteur mais il avait bricolé le crochet pour l'adapter à sa voiture. D'année en année, ça devenait de plus en plus compliqué de trouver du foin. À la moindre sécheresse, la production chutait, les prix flambaient et les fermiers raflaient tout. Il se rabattait sur les particuliers. Certains lui donnaient l'herbe gratuitement, pourvu qu'il la coupe, d'autres la lui vendaient déjà séchée, comme ces trois frères bizarres qui vivaient dans une ferme-auberge sans animaux et sans clients près de Saint-Pierre-aux-Puces. De quoi vivaient-ils ? Mystère. L'un ne foutait rien, l'autre était dans la lune et seul le troisième avait l'air à peu près sérieux. C'était avec lui qu'il avait rendez-vous pour récupérer une vingtaine de grosses balles contre 1 000 euros en liquide.

Il enfila sa veste, vérifia que son portefeuille se trouvait dans la poche intérieure, embrassa sa femme et prit la route de Saint-Pierre, à une quinzaine de kilomètres de là, priant comme à chaque fois pour ne pas tomber sur des gendarmes tatillons car sa remorque n'était pas réglementaire. Mais un dimanche matin, il y avait peu de risques.

Il arriva à 10 heures pile à la ferme du Renard Pendu, s'arrêta devant le portail et donna trois petits coups de klaxon. En général, Jean-Didier sortait de la ferme pour lui ouvrir et il allait garer la remorque directement devant l'étable. Mais cette fois rien ne se produisit. Il klaxonna à nouveau, prit finalement la liberté d'ouvrir la barrière et conduisit sa voiture au pas jusqu'à l'étable, dont les deux battants étaient grand ouverts. Il vit les balles de foin au fond, décida de manœuvrer son véhicule pour faire entrer la roulotte dans le bercail, qu'il arrêta à un mètre du foin. Il n'y aurait plus qu'à charger.

Il sortit du 4 × 4 et de l'étable, fit le tour de la ferme et se posta devant la porte d'entrée. Un heurtoir en fer forgé surmonté d'un renard était posé au milieu de la porte. Il frappa trois coups. Rien ne bougea à l'intérieur. Il avait neigé jusque tard dans la nuit et les traces de la gigue avaient été effacées. Tout était lisse, aucune empreinte de pas, comme si personne n'était encore sorti alors qu'il était 10 heures du matin. Merde, les paysans, ça se lève à l'aube pour nourrir les poules, non ?

Il commençait à trouver cela étrange, recula de

quelques pas pour observer les fenêtres du premier étage. Il avait sorti son téléphone pour passer un coup de fil quand la porte s'ouvrit enfin. En nuisette noire transparente à dentelle, les yeux plissés à cause de la lumière, Blanche tenait la porte entrouverte à deux mains, les cheveux en bataille, l'air un peu vaseux : « Oui ? » Renaud s'attendait à tout sauf à ça. Il se demanda l'espace d'un instant si la ferme n'avait pas été transformée en lupanar depuis l'année dernière !

Il se mit à bafouiller, parla du poney club en montrant une direction de la main, expliqua tant bien que mal qu'il avait rendez-vous avec Jean-Didier pour récupérer le foin de son pré. Blanche se frotta les yeux. Elle le fit entrer dans la cuisine, mit de l'eau à chauffer, s'excusa un instant et remonta au premier étage. Renaud ne put s'empêcher d'admirer son valseur au ras de la nuisette. Il songea à Toulouse-Lautrec et l'idée du bordel lui revint. Se pouvait-il que l'un des trois débiles ait réussi à lever un pareil canon ? La table de la cuisine était jonchée d'assiettes et de verres sales, de bouteilles de vin et de canettes de bière vides. « Eh ben, c'est la ferme aux délices ici, à ce que je vois », pensa-t-il avec agacement. Il avait une vie rangée de père de famille et regrettait parfois ses orgies de jeunesse.

À l'étage, Blanche entra dans la chambre de Jean-Didier. Elle était propre et ordonnée, avec un lit au cordeau, mais bel et bien vide. Elle frappa à celle de Jean-Mo qui ne répondit pas, y pénétra. Un mélange d'odeurs de vieille chaussette et de bouc en rut la prit à la gorge. Jean-Mo dormait sur le dos, la gueule ouverte, son torse poilu à découvert, ses arpions aux griffes d'aigle émergeant de la couverture tel un cauchemar médiéval, ses fringues en boule sur le plancher, un vrai capharnaüm puant. Elle le secoua, il grogna comme un ours en se retournant.

Elle passa finalement dans la chambre de Jean-Jean, qui fut bien plus simple à réveiller. Quand il ouvrit les yeux et vit la créature en négligé, il faillit repartir dans les vapes. Le benjamin des Grosdidier passa une robe de chambre et descendit avec Blanche, qui enfila de son côté un vieux peignoir trouvé dans la salle de bains. Jean-Jean était étonné. Ça ne ressemblait pas du tout à Jean-Didier, ce lapin. Il salua Renaud Dubois, chercha son téléphone et appela son frère. Il était sur messagerie. Dépassé par les événements, il se laissa lourdement tomber sur une chaise, ne sachant que dire ni faire (et ça veut gérer des palaces).

Blanche fit couler le café, servit trois tasses et proposa à Renaud, puisqu'il était là, d'embarquer le foin, on verrait plus tard pour Jean-Didier. Elle remonta s'habiller, coiffa ses cheveux en queue-de-cheval et redescendit.

Après un petit raté au démarrage, elle était à nouveau pleine d'énergie ! Elle monta dans la grange, réveilla les deux ivrognes à grands coups de clairon dans les oreilles et leur laissa cinq minutes pour boire un café à la cuisine avant d'aider Renaud à charger les balles dans sa remorque.

Pottard avait le réveil douloureux, mal aux cheveux, la bouche pâteuse, plus du tout Jack Kerouac. Avant le troisième café, il était dépressif tendance « Achevez-moi et qu'on n'en parle plus », ne pouvait pas se voir en peinture. Il inspectait les charpentes de la grange en se frottant les cheveux. Supporteraient-elles le poids d'un écrivain raté au bout d'une corde ?

Marchal se réveilla la gueule en bitume lui aussi, avec cette impression qu'il avait au lendemain d'une cuite d'avoir fait quelque chose de mal. Il repassa la soirée en vitesse accélérée, ne déplora aucune vilenie de sa part, se demanda l'espace d'un instant si Pottard n'avait pas eu un début de velléité de l'enculer.

En se rendant à la cuisine, les deux camarades croisèrent et saluèrent Renaud dans l'étable, lequel venait de découvrir l'état des balles de foin et râlait. La nourriture de ses poneys avait manifestement été entamée. Ce serait trop d'effort pour ces abrutis de fermer leur étable pour la nuit ? Ne connaissant pas l'existence de Gringalet (et heureusement pour lui, cela lui aurait fait de la peine de voir un tel avorton), il pensait qu'un chevreuil intrépide s'était aventuré dans l'étable pendant que les andouilles dormaient. Mais bon, il n'allait pas faire d'histoires. De toute façon, avec la première neige, il avait un besoin urgent de ce foin.

Leur café pris sur le pouce, Pottard et Marchal furent réquisitionnés avec Jean-Jean pour aider Renaud. Les balles qui avaient été bouffées ne roulaient pas et il fallait les porter à quatre pour les entasser sur la remorque. L'une d'elles était trop amochée et le directeur du centre équestre décida de la laisser sur place. L'écrivain avait envie de dégueuler. La campagne, il la supportait, bourré dans la paille, en train de rêver à une paire de grosses loches. Mais les travaux des champs à peine levé, merci. Il lui fallait généralement deux heures après le réveil pour redevenir lui-même. Trois cafés, trois cigarettes, une heure sous une douche brûlante et il sortait seulement du coma. Il était révolté d'être pris pour un *peon.* Il était quand même Yvon Pottard ! Certains faisaient un paragraphe dans leur journal intime quand ils déjeunaient avec lui !

Le foin chargé, Renaud donna les 1 000 euros à Jean-Jean ; pour signifier sa mauvaise humeur, il lui demanda de signer un reçu. Après quoi, il vérifia les sangles de la remorque, salua la compagnie un peu fraîchement et prit la route en direction de Gérardmer, laissant dans son sillage des petites brindilles d'herbe séchée qui virevoltaient dans l'air.

Jean-Jean avait essayé de rappeler deux fois son frère mais le portable était coupé. Il chercha le numéro du colonel mais l'appel sonna dans le vide. Par une superstition qui en vaut une autre, ni le colonel ni sa gouvernante ne répondaient jamais au téléphone, estimant que les machines n'avaient pas à commander aux hommes.

À midi, il décida de se rendre au hameau de la Croix-aux-Mines pour en savoir plus. Probablement Jean-Didier avait-il été invité à déjeuner par le colonel ? Probablement son portable était-il déchargé ? Probablement avait-il oublié son rendez-vous avec Renaud Dubois ? Mais bon, ça faisait beaucoup de « probablement » et tous ces ratés n'étaient décidément pas dans les manières de Jean-Didier. Blanche l'accompagna tandis que le journaliste et l'écrivain rampèrent dans la grange pour y finir leur nuit.

Le colonel était en train de déjeuner avec Mme Thérèse quand ils sonnèrent à la porte. Elle se leva en râlant (« Une visite un dimanche à 13 heures, il y en a, je vous jure ! »). Elle avait dans les 65 ans, était grande et forte, l'air revêche, un chignon strict de cheveux blancs derrière la tête. Elle portait un chemisier gris fermé jusqu'au dernier bouton, une longue jupe plissée de la même couleur qui lui tombait sur les pieds, sur laquelle était passé un tablier blanc en dentelle noué autour de la taille. Elle semblait sortie de l'époque victorienne, professait d'ailleurs le même puritanisme.

Avec son air insolent, sexy et affranchi, Blanche lui déplut immédiatement ; elle la rangea dans la case « dévergondées ». La jeune fille pourrait dès lors faire tout ce qu'elle voudrait, devenir bonne sœur, aider les scrofuleux, créer un hôpital dans la brousse ou ramper sur les coudes jusqu'à Jérusalem, elle ne sortirait plus de cette case.

Mme Thérèse reconnut Jean-Jean, le salua d'un signe de tête et attendit qu'il expose les raisons de sa visite indélicate. « C'est qui ? » gueulait dans son dos le colonel. Vêtu de sa fameuse tunique de colonel des zouaves de la garde (d'où son surnom dans le pays), il tenait sa fourchette d'une main mais avait posé l'autre sur le Colt savamment attaché sous sa chaise roulante. Avec l'âge, il était devenu méfiant. Il ne voyait presque plus rien, n'entendait guère, mais le mariole qui allait le détrousser n'était pas né ! Il avait tiré deux fois sur le facteur et une fois sur un vendeur de monte-escalier électrique (avec qui il avait du reste fini par faire affaire, ce qui évitait désormais à Mme Thérèse de le trimballer sur son dos pour le monter dans sa chambre). Il les avait bien sûr ratés tous les deux (il aurait raté une vache broutant dans son jardin), mais le facteur avait quand même menacé d'exercer son droit de retrait et le maire était venu en personne lui demander de se décontracter un peu de la gâchette pour le bien commun du pays.

Blanche et Jean-Jean entrèrent dans la salle à manger et saluèrent le colonel, qui reposa sa main sur la table. Ses yeux s'illuminèrent quand il distingua la jeune Alsacienne, ce qui n'échappa pas à Mme Thérèse. Ils étaient en train de manger une pintade au chou vert frisé, carottes et lardons, concoctée à l'étouffée dans son vin blanc par la gouvernante qui, comme on le voit, n'était pas totalement dépourvue de qualités. Jean-Jean comprit enfin pourquoi son frère restait manger chez eux dès qu'il le pouvait ! Le colonel leur proposa un verre de vin qu'ils refusèrent poliment. Le benjamin des Grosdidier en vint à l'objet de sa visite : s'assurer que Jean-Didier n'était pas chez eux.

— Quelle idée ! répondit Mme Thérèse.

— Non, il n'est pas venu ce matin, confirma le colonel.

— Mais hier, il était bien chez vous ?

— Ah, hier, ça oui, il était là. Il a planté les deux rosiers que ma gouvernante avait achetés le matin même à Mulhouse, puis il a rafistolé la barrière qu'un sanglier m'avait défoncée dans la nuit de jeudi…

— Et il n'est pas resté pour la nuit ?

— Ah, non, il n'est pas resté pour la nuit. Il est parti une fois son travail achevé…

Jean-Jean devint blanc comme un linge.

— Vous êtes sûr ? bafouilla-t-il.

— Comment si je suis sûr.

— Vous vous souvenez de l'heure à laquelle il est parti ? demanda Blanche.

— Vous croyez qu'on vit constamment rivé à sa montre ? fit remarquer Mme Thérèse.

— Attendez voir… C'était avant 19 heures… ça devait être vers 18 h 30. Oui, c'est ça : 18 h 30. Ou peut-être 18 h 15. Il a dit qu'il passerait boire un coup au bistrot.

— Au bistrot ?

— Chez Pierrot, au bourg. C'est ce qu'il a dit. Il n'est pas rentré à la ferme ?

— Non, murmura Jean-Jean d'une voix d'outre-tombe.

— Oh, mais ne vous inquiétez pas comme ça. C'est un grand gaillard, Jean-Didier. Y a sûrement du guilledou là-dessous ! C'est de son âge après tout ! Il a dû courir la montagne pour rejoindre une biquette ! Il rentrera ce soir les cheveux pleins de paille, allez !

— Oh ! lâcha Mme Thérèse.

Elle leva le menton, croisa les bras sur sa poitrine et se retourna ostensiblement pour montrer qu'elle désapprouvait solennellement la polissonnerie du colonel. Jean-Jean reprit espoir durant quelques secondes (il arrivait en effet parfois à Jean-Didier de courir le jupon) mais le rappel du rendez-vous raté du matin le replongea dans le désespoir. Rater une vente de 1 000 euros pour une paire de brioches ? Pas le genre du frangin !

Ils décidèrent de rentrer à la ferme, saluèrent le colonel et sa gouvernante et s'excusèrent pour le dérangement. Sur la route, Jean-Jean se lamentait. Il imaginait le pire. Et s'il avait, comme feu leur père, découvert sur son chemin un obus remonté à la surface ? On aurait entendu un grand « boum » dans la vallée, répondit Blanche. Et s'il s'était fait bouffer par un loup ? Si les loups bouffaient les mecs en pleine forme de 25 ans, ça se saurait, répondit Blanche. Et s'il avait croisé la route d'un pédophile ?

— Et si, et si, et si… merde à la fin ! Il porte

des couettes, ton frangin ? Tu t'es lancé dans une compétition avec Jean-Mo ou quoi ?

Ils refirent le trajet jusqu'à la ferme en silence. Jean-Jean regardait dans les fourrés, derrière les arbres et les arbustes. Il mettait ses mains en porte-voix, appelait son frère tous les 100 mètres. La jeune fille soupirait.

Ils arrivèrent à la ferme, pénétrèrent dans la cour. Blanche la vit en premier. Une feuille de papier était punaisée sur la porte d'entrée. Elle s'approcha et lut. Le message était écrit en lettres majuscules : « SI VOUS CONTINUER À VOULOIR OUVRIR L'AUBERGE ON TURA JEAN-DIDIER. ARRÊTER DE VOULOIR OUVRIR L'AUBERGE ET ON TURA PAS JEAN-DIDIER. ET NE PRÉVENER PAS LES GANDARMES OU ON TURA JEAN-DIDIER. J'ESPÈRE AVOIR ÉTÉ ASSÉ CLAIRE. Signé : TON PIRE CAUCHEMAR. »

« Voilà autre chose », murmura la jeune fille. Elle arracha la feuille, la tendit à Jean-Jean qui la lut à deux reprises avant d'émettre un petit gémissement plaintif.

Dans la cuisine, Jean-Mo et les deux intellectuels en grange prenaient leur café. Assis à un bout de la grande table en bois, parmi les assiettes sales et les bouteilles vides, l'aîné des Grosdidier trempait une immense tartine beurrée dans son bol et se l'engouffrait dans la goule, du jus de café plein le menton. Sa veste de pyjama était ouverte sur son torse velu. Marchal et Pottard étaient adossés à l'évier, un mug fumant à la main. Ils étaient tous les deux écœurés par les relents d'omelette froide et de bière tiédasse mais aucun n'avait eu cette idée de génie qui eût consisté à débarrasser la table (ne parlons même pas de faire la vaisselle).

— Alors, il paraît que vous êtes allés voir le vieux zouave ? Vous avez des nouvelles du frangin ? gueula Jean-Mo la bouche pleine quand ils entrèrent dans la pièce.

Sans rien dire, Jean-Jean brandit la feuille sous son nez. Jean-Mo fronça un sourcil, jeta un regard interrogatif à son frère, qui lui indiqua des yeux le morceau de papier. Il attaqua la lecture en posant le doigt sur chaque mot, déchiffrant laborieusement le message tout en continuant de mâcher son pain mouillé.

— Qu'est-ce que c'est que ça… bafouilla-t-il finalement en levant le nez vers son frère.

— C'était punaisé sur la porte, répondit Blanche.

— Sur quelle porte ?

— La porte de la ferme.

Il arracha la feuille des mains de son frère, la posa sur la table et entreprit de la relire attentivement en se léchant les doigts. Marchal et Pottard s'approchèrent de la table pour jeter un œil par-dessus son épaule.

— C'est quoi ces brouettes à la con ?

— C'est pourtant clair, dit Thierry Marchal.

— Qu'est-ce qui est clair ? Y a quelque chose qui te paraît clair là-dedans ? grogna-t-il.

— Ce qui est clair, c'est que Jean-Didier a été enlevé... précisa Blanche.

— Quoi ? ! hurla le monstre.

Il relut le message pour la troisième fois, fronça les sourcils, frappa de son gros poing la table.

— Mais bon sang, c'est vrai ! Jean-Didier enlevé ! Non mais tu te rends compte, Jean-Jean ? Notre frangin kidnappé ! Quel est le salopard qui a osé faire ça ? Je vais aller lui tartiner la gueule, moi ! Lui ôter les yeux à la petite cuillère ! Jouer du xylophone sur ses dents !

Il se leva d'un bond, parcourut la cuisine à grandes enjambées, la lettre à la main. Il était scandalisé, rouge de colère, vociférait comme un putois.

— Je vais lui scier les jambes, parole ! Et les bras ! Francis, c'est mon pote, il me prêtera sa tronçonneuse ! Qu'est-ce que ça veut dire de kidnapper les honnêtes gens ? Qu'est-ce que c'est que ces manières ! Non mais vous vous rendez compte ? Où va-t-on ? C'est grave ! Que fait la police ? Que fait la justice ? Pourquoi avoir aboli la peine de mort ?

Blanche était épatée. Le pire de tout, c'est qu'il était absolument sincère. L'image de Sam, le petit poisson rouge de ses 10 ans, lui revint subitement à la mémoire. Un jour, elle avait confié à sa grand-mère avoir peur qu'il s'ennuie. « Ne t'inquiète pas ma chérie. Les poissons rouges découvrent le monde à chaque tour de bocal », lui avait sagement répondu la vieille dame.

Jean-Mo relisait la lettre tout en marchant comme un ours en cage.

— Et il y a des menaces par-dessus le marché ! « On tura Jean-Didier » : c'est pas une menace, ça ? Bien sûr que c'est une menace ! Il menace mon frère, ce pot à larves !

Il ouvrit le petit placard à balais, se saisit de son fusil.

— Il ne connaît pas la famille Grosdidier, ma parole ! Je vais lui régler son compte dans la minute à ce suceur d'hémorroïdes ! Deux balles dans le bide : affaire réglée ! Et l'achever à coups de crosse dans la gadoue !

Il cassa l'arme, glissa deux cartouches pour

sanglier dans le canon. Il était fou de rage ! Pieds nus, en pyjama, il se dirigea vers la sortie avec son fusil dans les mains. Pottard était blême. Il tenait le fusil pour un symbole fasciste !

— Tu vas où ? demanda Blanche.

— Le buter, je te dis !

— Tu sais où il habite ?

— Qui ça ?

— Le kidnappeur de Jean-Didier.

Le vengeur s'arrêta net. Il se replongea dans la lettre.

— Le problème, c'est qu'il a oublié de mettre son nom, son adresse et son numéro de téléphone, murmura gentiment Blanche.

Elle lui prit le fusil des mains, retira les cartouches du canon, le rangea dans le placard. Elle se saisit de la lettre à deux doigts, la posa sur la table.

— Et si tu commençais par aller t'habiller ? On essayerait pendant ce temps de réfléchir tranquillement à la situation.

Jean-Mo se gratta la tête, se rassit finalement à table pour finir son café.

— Jean-Didier a quitté la maison du colonel hier soir vers 18 h 15-18 h 30 pour aller chez Pierrot. Depuis, personne ne l'a revu, récapitula Blanche. Voilà pour les faits. C'est probablement entre la Croix-aux-Mines et chez Pierrot qu'il a été enlevé. On n'a qu'à refaire le trajet et demander aux habitants des maisons devant lesquelles il est passé s'ils n'ont rien vu. Qu'est-ce que vous en pensez ?

— Il faudrait d'abord appeler le Pierrot, proposa Jean-Mo.

— Pourquoi veux-tu appeler Pierrot ?

— Tu viens de dire qu'il est parti de chez le zouave pour aller chez le Pierrot. Il faut donc lui demander s'il l'a vu.

— Il n'est pas arrivé chez Pierrot, répondit Blanche en gardant son calme.

— Comment tu le sais ?

— Parce qu'on y était.

Jean-Mo réfléchit gravement pendant quelques secondes.

— Ça se tient, trancha-t-il.

— On pourrait demander au débile s'il n'a rien vu ? proposa Pottard.

— Lequel ? demanda Blanche.

— Le patrouilleur... le chevalier... le Gorin d'Alsace-Lorraine ou je ne sais pas quoi... Il passe ses journées à se balader autour du village.

— C'est pas bête, répondit Blanche.

— Oui mais minute, intervint Marchal. On l'a

vu *après* la disparition de Jean-Didier. S'il avait vu quelque chose, il nous l'aurait dit, non ?

— On voit que tu le connais pas, ricana Jean-Mo. De toute façon, à part ses fantômes à la con, cet abruti ne voit rien.

— On ne perd rien à lui demander, trancha Blanche.

X

Les ennemies féministes de Pottard auraient pu ajouter une pièce au dossier accablant de l'humanité mâle : pendant que Jean-Mo était monté s'habiller, c'est en effet Blanche qui débarrassa la table, fit la vaisselle et passa le balai dans la cuisine sans qu'aucun des garçons ne songe à lui donner un coup de main. Jean-Jean était assis sur une chaise, la tête baissée, au comble de l'angoisse. Les deux intellectuels se prenaient pour Sherlock Holmes et relisaient la lettre à la recherche d'indices en sirotant leur quatrième café (Pottard finit par décréter d'un ton blasé que l'on avait affaire à un psychopathe à la dangerosité potentiellement dévastatrice).

C'est en bande qu'ils mirent le cap sur le hameau de la Pierre-qui-Pisse. Ils arrivèrent devant la belle maison du maire, franchirent le portail monumental, gravirent les marches de l'entrée et sonnèrent à la porte. Il y avait du grabuge à l'intérieur, on entendait la Vénitienne hurler. Marcel Laroque vint leur ouvrir au bout de quelques minutes, l'air surpris, puis gêné lorsque les cris se firent plus nets. Il se sentit obligé d'expliquer la situation en soupirant : leur fils était encore rentré au petit matin et Mme Laroque lui administrait une solide fessée. « Une fessée à 15 ans ? » songea Blanche, éberluée. Elle expliqua au maire les raisons de leur visite et celui-ci les fit entrer et patienter dans le vestibule carrelé de blanc d'où partait l'escalier menant à l'étage. Il ne comportait aucun meuble, hormis une haute et étroite table de coin, noire, laquée, sur laquelle était posé un lierre en pot qui coulait jusqu'au sol.

— Tu es un vilain petit garçon ! criait la Vénitienne dans la pièce d'à côté en claquant ses fesses nues.

— Ouin ! Ouin ! répondait le chevalier couché à plat ventre sur ses genoux.

La petite bande du Renard Pendu attendait en silence, debout dans le vestibule. Ils étaient tous horriblement gênés par la situation, sauf Jean-Mo qui rigolait. Marcel Laroque essayait de leur faire la conversation. Il disait qu'on prévoyait un hiver rude, que les sangliers commençaient à faire des dégâts, que les villageois se plaignaient et qu'il avait demandé à la société de chasse de relever les quotas... Par politesse, Marchal abonda dans son sens en l'informant qu'un citoyen de Saulxures avait même croisé l'un de ces cochons affamés dans le square en face de la mairie dans la nuit de vendredi à samedi (il avait écrit un petit article dans la page des faits divers de l'édition dominicale relatant l'incident : « Un sanglier en plein cœur de Saulxures ! »).

La porte s'ouvrit finalement et Arnaud Laroque apparut les yeux rougis, tenant à deux mains ses pantalons de pyjama dont l'élastique était distendu. Lorsqu'il vit la petite bande, son visage s'illumina.

— Mais... ne sont-ce pas là mes nobles amis ? J'ai l'honneur de vous saluer bien bas, s'exclama-t-il en exécutant une large courbette (ce qui fit choir sur ses chevilles ses pantalons qu'il s'empressa de remonter).

— On dirait que t'as reçu une sacrée fessée ! ricana Jean-Mo. Voilà ce que c'est de chasser les fantômes toute la nuit !

— La vie d'un chevalier n'est certes pas de tout repos, concéda Gorin. Que puis-je donc pour vous, doux beaux sires ?

— On aurait une petite question à te poser à propos de Jean-Didier...

— Souhaitant établir entre nous un commerce

d'amitié sincère et entretenir cette amitié par tout genre de bons offices, j'ai l'honneur d'être votre loyal et dévoué serviteur, répondit Gorin en refaisant une courbette (et de montrer une deuxième fois son cul).

Son père avait du mal à cacher son agacement. Il ne supportait pas les manières chevaleresques de son fils, toujours à faire le singe à courbettes et à gambader dans les patrouilles ! C'est triste à dire mais il voyait en lui une bouche inutile. Que deviendrait sa belle scierie ? La désertion d'Arnaud lui causait bien du souci. Bien sûr, il y avait Jordan, son conducteur-opérateur, le fils du bistro : un bon petit jeune, sérieux et travailleur, qui connaissait le marché (et les machines) et ferait un bon dirigeant. Mais enfin, ce n'était pas la même chose. Un père préfère toujours léguer son héritage à son fils, allez.

— Tu ne l'aurais pas vu, par hasard, hier en fin d'après-midi ? questionna Jean-Mo.

— Qui donc ? demanda Gorin.

— Le frère. Jean-Didier. Tu l'as vu ou tu l'as pas vu ?

Le chevalier se mit à réfléchir.

— Mmmmh, non, vraiment, je ne crois pas, noble Jean-Maurice.

— Tu ne crois pas ou t'es sûr ? insista Jean-Mo.

— Non, non, je ne l'ai pas vu… néanmoins…

— Néanmoins, quoi ?

— Oh, cela n'a peut-être aucune importance...

— Vas-y toujours...

— Eh bien, alors que je patrouillais avec mon fidèle Gringalet une heure avant le soleil couchant, il m'est apparu quelque chose que je n'hésiterai pas à qualifier de stupéfiant, quelque chose auquel je n'ai de cesse de songer depuis avec une certaine terreur sacrée et qui, pourquoi ne pas le confesser publiquement, a hanté ma dernière...

Jean-Mo l'avait soulevé par le col et le secouait comme un prunier :

— Tu vas accoucher, satané con !

Le chevalier avait de nouveau perdu son froc. Blanche ne put s'empêcher de jeter un coup d'œil à son petit kiki qui balançait de gauche à droite. Elle ôta les pattes de la brute et s'interposa entre lui et le chevalier.

— Ce n'est pas avec des manières de gorille que l'on arrivera à quelque chose, grogna-t-elle, puis, se tournant vers Gorin, avec douceur : Racontez donc à vos bons amis ce que vous avez vu, gentil petit chevalier...

Gorin récupéra ses pantalons et baissa brusquement la tête, à la prussienne (menton sur la poitrine).

— Merci, noble dame. Eh bien, voilà :

connaissez-vous le petit pré de Bonnegoutte qui se trouve sur les hauteurs, à droite du sentier qui mène à la ferme des Truches ?

— On connaît, siffla Jean-Mo.

— C'est un petit pré humide et encaissé, entouré de forêt. J'y patrouille régulièrement car à l'entrée du bois se trouve une souche pétrifiée que je considère comme éminemment suspecte et que je surveille attentivement.

Des larmes de rage venaient aux yeux de Jean-Mo.

— Qu'avez-vous vu sur ce pré, gentil chevalier ? l'encourageait la jeune fille.

— Comme vous le savez certainement, ce pré est affreusement râpé car à la belle saison les vaches de la ferme des Truches le piétinent plus que de raison ; on peut ainsi y lire dans la gadoue toutes sortes d'empreintes…

— Vous avez vu des empreintes ? demanda Blanche qui commençait à perdre patience, elle aussi.

— C'étaient celles du frangin ? ajouta Jean-Mo.

— Ce n'est pas du tout le chemin pour rentrer de la Croix-aux-Mines au village ! se lamentait Jean-Jean.

— Comment être certain qu'il s'agissait de l'empreinte de Jean-Didier ? demanda à son tour Marchal dont la curiosité était piquée.

Le chevalier ferma les yeux et se signa.

— Seigneur, prends pitié de nous, murmura-t-il.

— Ma parole, je vais le tuer, siffla Jean-Mo entre ses dents.

Le chevalier écarta les bras, laissant définitivement choir à ses pieds son petit pantalon en coton, sans plus s'en soucier. Sentant venir la crise, le père se mit à crier :

— Vingt dieux, c'est la crise ! La mère ! C'est la crise !

Gorin rouvrit les yeux et les écarquilla.

— Seigneur, prends pitié ! hurla-t-il. Elle était large comme jamais ne vis ! Enfoncée d'un mètre en le sol marécageux ! Avec sept doigts pourvus d'abominables griffes ! Je tremblai d'effroi en mon premier élan mais dominai vile paour ! Où te caches-tu, pourri démon ! Savais-tu que Jésus est le plus fort ? De ma lance va tâter, par ma foi ! Haro, parbleu ! Sors du bois si tu l'oses ! « Préparez-m'en un autre », réclamait monsieur saint Georges ! À l'assaut !

Il plongea et roula sur le sol, livrant un combat titanesque. Sa main droite, tel un poulpe, essayait de lui saisir le visage tandis que sa gauche l'en empêchait. Il arquait son corps, se détendait comme un ressort… tentait de se relever… retombait sur les genoux ! Il s'étranglait tout seul, tirait la langue…

se retrouvait coincé sur le dos contre le mur, gigotant dans tous les sens, les yeux exorbités… Pottard s'était instinctivement plaqué à la porte d'entrée. Il avait la chair de poule, la bouche grande ouverte. Cette affreuse empreinte hanterait ses nuits ! Le chevalier exécuta soudain une roulade spectaculaire et se releva : il avait réussi à se libérer ! Il s'était mis en grande position de garde haute, sautillait dans le vestibule, se déplaçait à droite, à gauche, hop, hop, petit jeu de jambes qui va bien, et le voilà qui distribue crochets et uppercuts ! Paf ! Paf ! Et paf encore ! Quelle détente ! Cet incroyable swing ! Petit poids plume vif et nerveux !

L'ennemi était à terre et il était en train de l'achever à coups de pompe quand Mme Laroque pénétra dans le vestibule en courant.

— Vilain garçon ! cria-t-elle.

Elle saisit son fils par l'oreille. Il avait emporté la plante verte dans son combat et le pot s'était brisé.

— Tu es un vilain, vilain garçon, toujours à faire le pitre et oublier la pudeur ! gronda la mère en tirant fort l'oreille.

Le chevalier-boxeur s'était immédiatement calmé. Il arborait maintenant un air boudeur, haussait les épaules, de la terre collée sur les joues. La Vénitienne l'entraîna dans l'escalier et monta avec lui sans lui lâcher l'oreille. Le père ramassa le pantalon, repoussa du pied les bris du pot.

— Il nous cause bien du souci, soupira-t-il.

Il y eut un petit silence, puis Blanche frappa dans ses mains :

— Bon, ben, on ne veut pas vous ennuyer plus longtemps… merci quand même et bon dimanche, monsieur le maire…

Ils sortirent en saluant et s'arrêtèrent devant le menhir, de l'autre côté de la rue. Ils étaient tous un peu choqués d'avoir vu sous toutes ses coutures le petit corps malingre du gnome bondissant. Mais avec tout ça, ils n'étaient guère avancés, comme le fit remarquer Marchal. Ils décidèrent de retourner chez le colonel pour lui demander conseil et prirent le chemin de la Croix-aux-Mines. Des nuages étaient arrivés de l'ouest et le temps s'était radouci. La neige tombée pendant la nuit fondait, les arbres gouttaient, la terre était molle.

Ils empruntèrent le chemin de la Beuratte menant à la ferme du même nom, dont on voyait la grande cheminée fumer au bout de la route. Le vieux Fernand était mort sans enfants l'année précédente et son neveu, un maçon installé à Ventron, avait vendu à un couple de cinquantenaires de Nancy, qui avait transformé les lieux en maison d'hôte. Un petit jardin soigné, une pergola bioclimatique et des chaises longues à rayures bleues et blanches (dans les Vosges !) accueillaient désormais les visiteurs à la belle saison, ainsi qu'une élégante façade en pierre que le mari avait débarrassée de son crépi au burin (ce qui avait rendu la maison froide et humide, pardi : pourquoi croit-on que les gens se font suer à étaler du crépi sur les murs ?)

À la moitié du chemin, ils prirent un petit sentier balisé par le Club vosgien qui grimpait en zigzaguant dans la forêt avant de s'élargir et de filer tout droit sur un vaste plateau. L'été, cette portion de sentier était recouverte d'un tunnel de végétation, les arbres qui la bordaient mêlant leurs cimes et ne laissant passer que quelques rayons de soleil qui hachaient l'air et donnaient à la forêt un aspect féerique. Mais pour lors, tout était nu et gris, et l'on voyait le ciel marécageux à travers le petit squelette de branches qui avaient conservé leur forme incurvée.

Ils sortirent de la forêt au niveau de la cabane en bois appartenant à l'ONF, traversèrent un pré et regagnèrent la route goudronnée. Ils pénétrèrent dans le hameau de la Croix-aux-Mines, passèrent devant la maison du père Schmidt, arrivèrent enfin à celle du colonel. Devant la haie, droit comme un « i » et en armure, lance à la main, les attendait le chevalier fièrement juché sur son poney-nain, lequel avait la tête baissée et avançait les lèvres pour essayer d'atteindre un chardon qui avait poussé au pied du laurier-cerise.

— Dites-moi que j'ai la berlue... murmura Jean-Mo.

— C'est le chevalier à la colle, ajouta Pottard en ricanant.

Puni dans sa chambre, Arnaud Laroque en était immédiatement ressorti et avait rampé jusqu'au bord de la mezzanine qui donnait sur le salon, d'où il avait entendu sa mère demander à son mari ce que voulait cette bande de propre-à-rien (elle soupçonnait quiconque s'approchait de son fils d'avoir une mauvaise influence sur lui).

— Ils cherchent Jean-Didier qui a disparu depuis hier soir, répondit le maire en s'asseyant, ou plutôt en se laissant tomber dans son fauteuil, accablé.

La Vénitienne imagina tout de suite, elle aussi, qu'il y avait une femme là-dessous ; elle en conçut un certain dépit, voire un brin de jalousie. Bien entendu, elle ne se l'avoua pas et c'est sous la forme du mépris que s'exprima sa rancœur. C'est à se demander pour qui il se prend, ce coureur de jupons minable, songea-t-elle. (Elle ne put cependant s'empêcher de se remémorer certaines scènes s'étant déroulées dans la cabane à outils, si bien que son visage s'empourpra et qu'elle fila à la cuisine se faire couler un verre d'eau).

Le chevalier regagna sa chambre en rampant, revêtit prestement son armure et sortit par la fenêtre qui donnait sur le toit de la véranda. De là, le gentilhomme de fortune se suspendit à la grosse branche du tilleul qui venait lécher l'extension et se laissa tomber à terre (50 centimètres) où il roula théâtralement cinq ou six fois.

— Noble Jean-Didier a disparu ! murmura-t-il en se redressant et en relevant la visière de son heaume.

Il courut dans l'herbe le long de la piscine bâchée (cling, cling, cling), jusqu'à l'enclos de son poney qu'il harnacha prestement. Il pleurait à chaudes larmes.

— Un patrouilleur ne s'appartient pas, déclara-t-il à Gringalet avant de grimper sur son dos et de lui piquer les flancs.

De la route, 50 mètres après le menhir, il eut le temps d'apercevoir au loin la petite bande, au milieu du chemin de la Beuratte, pile au moment où celle-ci bifurquait dans la forêt. Il lança son poney sur la route asphaltée qui menait, elle aussi, à la Croix-aux-Mines, en faisant un petit détour par rapport au sentier forestier. Il lui piquait les flancs. « Hue dia ! Hue dia ! » encourageait-il sa monture qui trottinait ce qu'elle pouvait mais ne semblait pas du tout apprécier l'exercice. Il arriva à la maison du colonel cinq minutes avant ceux du Renard Pendu.

— J'ai l'honneur de vous annoncer que mon devoir de patrouilleur est de vous aider à retrouver notre cher et noble Jean-Didier, leur déclara-t-il en courbant la tête (Prussien un jour, Prussien toujours).

— Et moi j'ai l'impression que tu vas encore recevoir une sacrée fessée, répondit Jean-Mo.

Le chevalier descendit de sa monture, attacha la sangle au poteau électrique en bois qui se trouvait sur le trottoir et entra avec les autres dans la propriété du colonel. Ils remontèrent l'allée, le virent au loin. Il était dans sa chaise roulante devant le pas de sa porte, une couverture sur les genoux, une édition érudite des *Commentaires* de Blaise de Monluc posée dessus.

Homme de passion et d'enthousiasme, le colonel sombrait parfois dans un gouffre noir, ne distinguant plus de la réalité que la médiocrité de l'existence et les épouvantes de la mort. Sa gouvernante le sortait alors dans le jardin, espérant que le chant des oiseaux et la beauté des arbres le feraient remonter à la surface, parmi le règne des vivants. Ses absences ne duraient pas longtemps et il en revenait en reprenant soudain son souffle, comme un noyé qui jaillit hors de l'eau.

Il renouait alors avec son entrain habituel, son amour de l'ordre et son esprit facétieux, agissant à nouveau avec cette politesse suprême qui consiste à croire et à faire croire que les choses qui nous entourent ont, somme toute, une certaine importance. Il ne parlait jamais de ses descentes aux abîmes.

Il venait de gonfler ses poumons d'air, avait secoué la tête et repris son livre quand il vit la petite bande entrer par le portillon. Il les accueillit en les traitant de « chenapans » (« Tiens, revoilà les chenapans ! ») avant de leur expliquer que le terme désignait le mécanisme d'un mousquet allemand du XVIe siècle, le tout premier dont le choc du chien était capable de faire culbuter le couvre-bassinet, dispensant le tireur de faire cette opération à la main. Le chien se disant coq (*Hahn*) en allemand, ce mécanisme était connu sous le nom de « coq qui happe », *Schnapphahn*, qui devint « chenapan » dans notre belle langue et servit bientôt à désigner les déserteurs munis de cette arme à feu qui détroussaient les honnêtes gens sur les grands chemins et se comportaient en bandits. Le laxisme vers quoi tendait l'Histoire avait fait le reste : le mot avait fini par désigner une sorte de galopin.

Jean-Mo éclata de rire à la fin de l'exposé. La science le mettait en joie. Il trouvait formidable de connaître des choses qui ne servent ni à gagner de l'argent sans se fatiguer, ni à soigner une gueule de bois. À sa décharge, il n'était cependant pas loin de percevoir le caractère poétique de ces charmantes connaissances, ce qui n'en faisait pas pour autant, bien sûr, un adepte du gai savoir théorisé par le grand Rabelais (« Je te feray passer docteur en gaie science, par Dieu ! » dit Grandgousier à son fils Gargantua au chapitre XLV du *Tiers Livre*) ; en fait, c'était simplement un couillon.

À l'intérieur de la maison, Mme Thérèse était en train de passer un chiffon humide imprégné de thé froid sur les meubles du salon quand elle entendit le rire de Jean-Mo.

— C'est tout de même un monde d'être dérangé deux fois le même dimanche ! murmura-t-elle avec colère.

Elle se rua sur la porte d'entrée, le chiffon à la main, les poings posés sur les hanches, prête à demander sèchement aux importuns de laisser le colonel se reposer, quand elle vit le chevalier. Son visage s'illumina. Un petit cri jaillit de sa gorge. Elle descendit les trois marches du perron en levant les bras au ciel :

— Mais c'est ce cher Arnaud ! Vraiment, quelle surprise ! Quel plaisir de vous voir !

L'autre s'était mis à genoux illico et lui avait saisi

la main droite qu'il baisait à petits coups rapides, comme un pic-vert, en lui disant toute la joie qu'il avait de la revoir (« une joie que je qualifierais volontiers proche de celle que l'on éprouve en paradis »).

— Huhuhu, oh, vraiment, quel petit gentleman charmant, faisait la vieille en se tortillant, la main libre devant sa bouche en cul-de-poule.

Elle nourrissait une passion pour l'avorton, trouvait que dans ce pays de sauvages c'était le seul à se tenir convenablement. Elle admirait sa quête spirituelle et son désintéressement, sa force de caractère et son abnégation, lui prédisait un grand avenir (pape ? Pourquoi pas ?).

Elle n'eut pas un regard pour les autres, releva le chevalier en le prenant par le coude et lui annonça qu'elle venait par extraordinaire de faire un biscuit roulé à la confiture de framboises du jardin !

— Un biscuit à la confiture de framboises ? répéta le chevalier.

C'était son gâteau préféré !

— Du jardin ! précisa Mme Thérèse. À la confiture de framboises du jardin ! Les dernières de la saison ! Vous rendez-vous compte, cher Arnaud ? Je voulais tout d'abord faire une tarte aux coings (n'est-ce pas, colonel, que je voulais faire une tarte aux coings ?) mais l'idée du biscuit roulé à la confiture de framboises du jardin m'a soudain pénétrée alors que je m'apprêtais à éplucher le premier fruit, au point que je ne pus m'en libérer… D'ailleurs j'ai dit au colonel : finalement, je crois que je vais plutôt faire un biscuit roulé à la confiture de framboises du jardin. N'est-ce pas colonel, que je vous l'ai dit ? Ah, c'est extraordinaire ! Extraordinaire !

Le patrouilleur retomba à genoux.

— Ah, madame ! En dépit du vieux dragon et de sa gueule puante, je demeure d'une tranquillité assurée car la puissance de Dieu veille sur moi ! L'abîme n'a qu'à se taire même s'il gronde encore ! Un biscuit à la confiture de framboises ? Au loin tous mes trésors ! Jésus est mon plaisir !

— C'est extraordinaire ! répétait la gouvernante. Vraiment extraordinaire ! Je l'avais dans la main ! Je m'apprêtais à l'éplucher ! Ah là là, quelle histoire… Mais venez maintenant ! Pressez-vous ! Le biscuit n'attend que vous !

Elle l'entraîna dans la maison. À l'idée de manger la friandise, le chevalier oublia tout protocole et lâcha un tonitruant « Youpi ! » en gravissant les marches.

Ceux du Renard Pendu étaient écœurés. Non seulement la vieille bique ne leur avait pas proposé de biscuit mais il leur semblait que le chevalier s'était comporté en fameux lèche-cul.

— Et nous, on pue du bec ? demanda Pottard.

— Attends un peu qu'il se mette à charger les fantômes dans sa cuisine, murmura rageusement Jean-Mo.

Le colonel toussa.

— Et sinon, vous l'avez retrouvé, ce cavaleur de Jean-Didier ? leur demanda-t-il.

— Ben non justement... répondit Jean-Jean. C'est pourquoi on s'est permis de revenir vous voir...

— On a trouvé ça sur la porte de la ferme, ajouta Blanche en lui tendant la lettre.

Le colonel chaussa les loupes en demi-lune qu'il portait autour du cou et lut la lettre en fronçant les sourcils.

— Mmmh... Mais dites-moi, c'est sérieux, annonça-t-il en glissant la missive dans son livre. Je crois qu'un point de situation s'exige. Suivez-moi.

Il manœuvra son fauteuil, prit un peu d'élan, grimpa la petite rampe d'accès qui se trouvait sur le côté droit du perron et s'engouffra dans le couloir. Les autres le suivirent. Ils longèrent la salle à manger avec sa grande table rectangulaire en bois et son horloge comtoise collée contre le mur dont le balancier en plomb et son hypnotique tic-tac réglaient la vie de la maison. La pendule marquait chaque quart d'heure d'un gong sinistre, ainsi que les heures, d'une note encore plus grave et inquiétante qui résonnait jusqu'à l'étage. Les douze coups de minuit ressemblaient au générique d'un film d'horreur, c'est du moins l'impression qu'en avait Jean-Didier quand il passait la nuit au manoir et qu'il entendait de son lit, un peu étouffée, la longue litanie spectrale. Un soir d'orage, à la fin de l'été précédent, il avait carrément pris peur. La pendule égrenait ses douze coups interminables tandis que les éclairs illuminaient sa chambre, lui faisant entrevoir des ombres hostiles qui disparaissaient aussitôt. Il s'attendait à voir un zombi tout pourri gratter au carreau de la fenêtre ! Il avait fini par se couvrir la tête de son drap.

Si les murs du manoir dataient du XVIIIe siècle, l'intérieur avait été presque entièrement refait au siècle suivant. La bâtisse était réputée avoir été construite sur les ruines du château fort d'un petit seigneur, parent des Faucogney, à qui appartenait le village au XIIIe siècle. Précisons ici (comme ça, ce sera fait) que le village s'appelait alors Saint-Prépuce car c'est là qu'était conservée la sainte relique de Jésus rapportée d'Hildesheim (selon la tradition) et déposée dans le trésor de l'église par saint Amé, premier abbé de Remiremont, celui-là même qui au début du VIIe siècle créa le village sur la route menant à l'abbaye de Munster, à l'emplacement d'un relais de chasse qui lui avait été offert par le roi d'Austrasie Théodoric II (le roi aimait y affronter les ours au corps à corps et à l'épieu).

Le village ne deviendra Saint-Pierre-aux-Puces que vers la fin du Moyen Âge (première mention dans un acte notarié datant de la Saint-Martin 1521), sans que les historiens soient capables de dater précisément ce changement de nom, ni même de l'expliquer. La relique finira du reste par être pillée par les Suédois durant la guerre de Trente Ans, les habitants de la région ayant toujours été convaincus que les soudards de Gustave-Adolphe l'avaient mangée (d'où l'antipathie qu'éprouvaient encore certains anciens vis-à-vis des touristes appartenant à ce peuple, lesquels, incapables de comprendre la cause de cette antipathie, rentraient chez eux en médisant des Français et en les qualifiant de peuple sale, ivrogne et peu avenant).

La seule chose dont on était certain, c'est que les fondations que l'on pouvait encore admirer dans les caves du manoir dataient bien du XIIIe siècle mais étaient-ce pour autant celles du château fort en question ? Pour l'affirmer, il aurait fallu que les archéologues se penchassent sur la question, or ils avaient bien d'autres chats à fouetter, comme on l'imagine.

Au milieu du couloir se trouvait l'escalier

monumental qui menait à un premier palier, où pendait un immense lustre en fer forgé, puis qui se dédoublait jusqu'à l'étage, un tapis rouge couvrant la pierre que retenait à chaque marche une tringle en laiton. Deux armures tenant une hallebarde encadraient la base de l'escalier, celle sur sa gauche avait l'arme à main gauche, celle sur sa droite, à main droite (quand il recevait naguère, le colonel faisait se croiser les hallebardes pour interdire l'accès à l'étage). L'ensemble était du plus bel effet, hélas un peu gâché par le rail du monte-escalier électrique qui courait le long d'une rambarde et rompait la symétrie de l'ouvrage.

La porte en face de l'escalier donnait sur la bibliothèque, la plus belle pièce du manoir. Elle était très vaste et très haute de plafond, entièrement tapissée de livres, reliés pour la plupart. Une mezzanine en bois marqueté en faisait tout le tour, à laquelle on accédait par quatre escaliers étroits en colimaçon situés aux quatre coins. Quatre petites tablettes fixées au milieu de chaque rambarde, et s'élançant dans le vide, une à chaque point cardinal, donnaient la possibilité de consulter les livres sur place. Sur les rayons du bas, une échelle amovible soutenue par deux crochets reposant sur une barre permettait d'accéder aux livres rangés aux étages supérieurs, sous la galerie. Devant la fenêtre, un bureau en bois massif trônait, impeccablement ordonné : il n'y avait qu'une lampe à abat-jour, un sous-main en cuir et un gros stylo à encre posé à quelques centimètres du sous-main, bien parallèle à lui. D'ailleurs, tout était impeccable, d'une propreté absolue ; Mme Thérèse passait ses journées à briquer.

Ils arrivèrent au salon. Le colonel avait une manière bien à lui de regagner son gros fauteuil : il prenait un peu d'élan, venait cogner le meuble et basculait dedans la tête la première avant de se retourner laborieusement et de se retrouver en position assise. Il fit signe à ses hôtes de s'installer dans les deux autres fauteuils et dans le canapé, se débarrassa de la couverture et se saisit du livre qui était resté dans la chaise roulante. De la cuisine, au loin, on entendait Mme Thérèse glousser sous les assauts de compliments que lui délivrait le chevalier entre deux bouchées de biscuit. Une flambée était préparée dans la cheminée, trois bûches soigneusement empilées sur des morceaux de cagette rembourrés avec trois boulettes de papier journal.

— Les allumettes sont sur le rebord de la cheminée. Vous en grattez une et vous allumez la boulette de papier au centre, ordonna-t-il à Jean-Jean.

Le benjamin des Grosdidier s'exécuta. Le colonel surveilla le feu pendant quelques minutes et lorsqu'il constata qu'il s'enflammait de manière harmonieuse, il chaussa ses lunettes, reprit la lettre dans le livre et la relut attentivement. Sur les murs étaient exposés des vieilles pétoires et un arc, ainsi qu'un petit tableau représentant un homme en armure dorée, l'épée à la ceinture.

— Mmmh, c'est sérieux, répéta le colonel. La première chose que l'on peut affirmer, c'est que celui qui a écrit cette lettre est un crétin illettré.

Tous opinèrent du chef.

— La deuxième chose que l'on peut déduire, c'est que l'auteur de cette lettre veut vous empêcher de rouvrir l'auberge par l'exercice d'un chantage éhonté. La question est : pourquoi ?

— Oui, pourquoi ? répéta Jean-Jean Grosdidier.

Le colonel sourit et leva le doigt de la main droite.

— La concurrence ! affirma-t-il. Notre homme craint la concurrence !

(Qu'est-ce qu'il est fort, pensa Jean-Mo).

Le colonel se saisit d'une petite clochette posée sur la table basse à côté du fauteuil et l'agita. Mme Thérèse survint au bout d'un instant, l'air digne.

— Colonel ?

— Allez donc me chercher le petit guide qui se

trouve posé sur le buffet de l'entrée, lui ordonna-t-il. Et préparez-nous du thé, s'il vous plaît.

La gouvernante sortit de la pièce, en revint avec un guide des fermes-auberges du département qu'elle tendit au colonel. Elle regagna ensuite la cuisine où elle mit de l'eau à chauffer tout en regardant avec amour le gnome en armure qui bâfrait, de la confiture tout autour de la bouche.

Le colonel feuilleta le guide en silence pendant une dizaine de minutes.

— Il y aurait bien le fils Claudel, celui de l'auberge des Chaumes, murmura-t-il enfin. C'est un excité qui considère tous ses confrères comme des ennemis à abattre.

En même temps, il faisait non de la tête.

— Qu'est-ce que ça peut lui faire, là-haut, que vous ouvriez ou non... Il travaille surtout avec les randonneurs et les Alsaciens...

Il posa le guide, reprit la lettre.

— « Signé : Ton pire cauchemar », lut-il d'un air dégoûté. En voilà une signature d'abruti...

— Ça me rappelle Zaysen, dit Jean-Mo en rigolant.

— Zaysen ?

— Le colonel Zaysen ! Celui qui a capturé Trautman. « Où est-ce que les missiles sont localisés ? » demande Zaysen. « Tout prêt », répond

Trautman. « Où ça ? » demande Zaysen. « Dans ton cul ! » répond Trautman.

Il explosa de rire, se tapa sur les cuisses. C'était sa réplique culte (avec : « T'aimes bien les omelettes ? Tiens, je te casse les œufs ! »).

— Excusez-moi mais vous ne pourriez pas être un peu plus explicite ? s'agaça le colonel.

— Quoi, vous ne connaissez pas *Rambo III* ! Quand Rambo délivre Trautman et qu'il tombe sur Zaysen, Zaysen lui demande : « Qui êtes-vous ? » Rambo le regarde dans les yeux et lui répond : « Ton pire cauchemar. » (Il avait pris une voix caverneuse.) Il faut voir la gueule de Zaysen ! Il comprend que c'est foutu pour lui !

Blanche se tapa le front de la main :

— Et c'est maintenant qu'il nous dit ça, ce mou du bulbe ! Mais qu'est-ce qu'il a dans le crâne à part du jus de choucroute !

— Quoi, « c'est maintenant » ? Qu'est-ce que ça peut foutre ? J'ai bien le droit de citer *Rambo* quand ça me chante, non ? On vit quand même en démocratie !

— Du calme, disait le colonel.

— Et pourquoi tu crois que le crétin qui a enlevé ton frangin a signé cette lettre « Ton pire cauchemar » ? continua Blanche sur le même ton.

— J'en sais rien ! Peut-être qu'il a vu *Rambo III* lui aussi !

— Sans blagues !

— Et alors ?

— Et alors qui c'est qui est fan de *Rambo* dans le pays ? Qui c'est qui met un bandana dans ses ignobles cheveux gluants ? Et qui c'est qui tient l'auberge de la Moselotte menaçant faillite ?

Jean-Mo se gratta les cheveux, écarquilla soudain les yeux.

— Bobby la Poire ! Nom de Dieu, c'est Bobby la Poire qui a fait le coup ! Oh, le salaud, le fils de pute, le nettoyeur de chiottes ! C'est Robert Bader qui a fait le coup, colonel ! C'est lui qui a kidnappé Jean-Didier ! Croyez-moi, je sais ce que je dis ! C'est Bobby la Poire !

— Alléluia… murmura Blanche, songeuse (les médiateurs chimiques contenus dans le cerveau de la brute étaient donc encore capables de transmettre la fameuse petite étincelle électrique d'un neurone à l'autre).

Le colonel replia la lettre et la tendit à Blanche :

— Eh bien, il nous reste à trouver une solution efficace pour récupérer mon majordome, annonça-t-il calmement en consultant sa montre.

XI

« Die erste kolonne marschiert,
die zweite kolonne marschiert… »
Général von Weyrother

Bobby la Poire était en train de pisser dans la rivière. Il secoua son engin, reboutonna son treillis et regagna la maison. Il était sorti fumer une cigarette pour tenter de se calmer. C'était ça ou il mettait un pain à Diego ! Les cinq frères étaient réunis chez lui, autour de la table à manger. Ça s'engueulait ferme ! Diego et Jason avaient débarqué une heure plus tôt, quand ils avaient appris par leur nièce Kelly que leurs trois autres crétins de frères, Bobby, Paco et Rudy, avaient enlevé un des trois Grosdidier la veille et l'avaient enfermé dans la cave du restaurant ! À midi, toute la tribu Bader au grand complet (vingt et une personnes avec les femmes et les enfants) avait déjeuné dans ce même restaurant, à quelques mètres du séquestré, et personne n'avait rien dit !

Ils étaient entrés dans la maison de Bobby, étaient tombés sur le trio en train de boire du cognac.

— Qu'est-ce que c'est que ces conneries ! avait explosé Diego. Vous êtes malades ou quoi ?

— Te mêle pas de ça, Diego, c'est pas tes affaires, avait répondu Bobby.

— Comment ça, c'est pas mes affaires ? Je te rappelle que le restaurant est au nom de la mère, Bobby ! Tu risques de la foutre dans la merde avec tes conneries !

— T'inquiète pas pour la mère.

— Mais qu'est-ce qui vous a pris, merde !

— Fais pas chier, Diego ! hurla Bobby.

Lui-même était en pleine marmelade, ne sachant comment se sortir du pétrin dans lequel il s'était fourré. Depuis qu'il avait appris l'arrivée de la fille à la ferme du Renard Pendu et la réouverture prochaine de l'auberge, il s'était monté le bourrichon. Le restaurant de la mère Bader sombrait, ce qui le rendait malade de rage, haineux vis-à-vis des salauds qui préféraient aller bouffer ailleurs. Il en voulait à la terre entière, s'estimait victime d'un complot. Sur la pancarte en bois signalant le restaurant à l'entrée du village, une petite ordure avait ajouté au marqueur :

« spécialité : rat crevé de la Moselotte ». Tous étaient ligués contre lui, déterminés à nuire à ses intérêts, unis pour lui pourrir la vie. Bien sûr, les lois de l'économie en régime de libre concurrence étaient formelles : un restaurant servant du ragondin au prix du caviar n'avait aucune chance de prospérer. Mais il ignorait ces lois, refusait tout principe de causalité, toute idée de conséquence. Son raisonnement était simple : ce qu'il entreprenait ne pouvait que marcher. Si ça ne marchait pas, c'est que les salauds lui mettaient des bâtons dans les roues. Comme il ne réussissait jamais rien, il en concluait que les salauds étaient nombreux.

La réouverture de l'auberge des Grosdidier lui semblait une provocation de plus. L'idée que ces ordures de fermiers puissent s'enrichir sur son dos le rendait malade. Il les imaginait rouler dans un 4 × 4 noir rutilant avec des jantes chromées et une rampe de cinq feux longue portée sur le toit ! Il en bavait de rage. Trois soirs de suite, il avait ruminé, songeant à plastiquer la ferme, foutre le feu à la paille. Samedi, il s'était poivré toute la journée avec ses frères Paco et Rudy, maudissant les porcs qui l'humiliaient. En fin d'après-midi, ils avaient décidé d'aller « boire un coup à Mulhouse », comme ils disaient. Traduction : aller aux putes.

En passant par le petit chemin en terre du Hiez pour rejoindre la départementale et éviter le détour par le village, ils avaient aperçu du pick-up Jean-Didier marchant en contrebas sur le sentier reliant la Croix-aux-Mines au bourg.

— Regardez-moi ce fils de pute qui veut nous piquer nos derniers clients… avait sifflé Bobby.

Soudain, il avait pilé :

— Et alors, on va se laisser emmerder longtemps comme ça ?

Une idée confuse venait de germer dans son cerveau embrumé. Il avait braqué le volant à droite et s'était engagé dans la lande en pente. Le pick-up grinçait, bringuebalait dans tous les sens. Les trois frères étaient installés sur la banquette avant.

— Tu fais quoi ? demanda Rudy qui commençait à s'inquiéter.

Bobby ricanait méchamment. Son projet était de lui foncer dessus en guise d'avertissement, mais il eut soudain une meilleure idée.

— Prends la matraque dans le vide-poche, ordonna-t-il à Paco. Tu t'arranges pour te retrouver derrière lui et tu l'assommes.

Paco se pencha pour saisir la matraque. Son frère lui aurait dit de sauter d'une falaise, il l'aurait fait. Rudy était plus fébrile (ou moins poivré).

— Laisse tomber, Bobby, allons à Mulhouse comme on l'a dit. On va bien se marrer…

— Et le jour où ces enfoirés passeront au moulin avec un 4 × 4 tout neuf, on va toujours se marrer ?

Sur le sentier, Jean-Didier s'arrêta et regarda le pick-up descendre la lande. Il distingua les trois silhouettes dans l'habitacle. Personne n'aimait avoir affaire aux Bader, mais Jean-Didier avait la conscience tranquille. Il se demandait ce que lui voulaient ces suceurs de Tampax (ainsi que les appelait Jean-Mo).

Le pick-up s'arrêta juste avant le sentier, dans un équilibre instable, la roue avant droite sur une motte de terre, le capot plongeant vers l'avant. Bobby sortit du véhicule, suivi un à un des deux autres frères (la porte côté passager était gondolée et ne s'ouvrait plus). Paco avait enfoncé le bidule dans son pantalon, pile dans la raie des fesses.

— Salut Jean-Didier ! cria Bobby.

Le cadet des frères Grosdidier les salua. Les trois Bader s'approchèrent.

— Alors, il paraît que vous allez rouvrir l'auberge ?

En temps normal, Jean-Didier aurait répondu « Qu'est-ce que ça peut te foutre ? » mais il avait immédiatement compris qu'ils étaient tous les trois beurrés comme des tartines et que leurs intentions étaient donc forcément hostiles (d'ailleurs bourrés ou non, ils n'étaient qu'hostilité pure).

— Ouais, on y pense, mais rien n'est fait…

— Ça fera beaucoup de restaurants dans le pays, qu'est-ce que t'en penses ?

Jean-Didier haussa les épaules.

— Tu crois que les gens ont tellement de fric que ça pour aller bouffer au restaurant ? Il me semble que tu réfléchis pas beaucoup.

— Ils feront comme ils voudront les gens…

Bobby rigola en regardant ses frères.

— On dit qu'y a une gonzesse là-dessous. On dit même qu'elle est sacrément bonasse. C'est toi qui la baises ?

Jean-Didier remarqua l'air tendu et inquiet de Rudy qui guettait l'horizon. Il comprit également que Paco, le plus fourbe, essayait de se placer dans son dos. Des vrais rats, pensa-t-il. Il recula de trois pas.

— Où est-ce que tu veux en venir, Bobby ?

— Rien ! On discute, c'est tout.

— Ouais mais j'ai pas le temps malheureusement. Il faut que j'y aille…

— Ah ouais, t'es un mec vachement occupé. Un vrai chef d'entreprise.

— À une prochaine, Bobby.

— Attends une seconde…

L'aîné des Bader s'approcha et lui attrapa le col de sa veste. Jean-Didier le repoussa violemment ; le combat s'engagea immédiatement. Le temps que Bobby se relève, Paco avait dégainé sa matraque et s'était rué sur Jean-Didier mais celui-ci avait évité le premier coup et avait même réussi à lui coller une droite dans la joue. Rudy avait attaqué lui aussi mais restait à distance, n'osant saisir Jean-Didier qui se débattait comme un diable. Bobby bondit finalement et réussit à le ceinturer un court instant, suffisamment pour que Paco lui assène un violent coup sur le crâne. Jean-Didier tituba, l'affreux lui mit un deuxième coup de bidule derrière la tête, ce qui le fit tomber sur les genoux puis s'effondrer en avant. Paco releva sa matraque, prêt à s'acharner, mais Bobby l'arrêta d'un geste.

— On le fout dans la remorque, dit-il.

— Qu'est-ce que tu veux faire ? Il a eu son compte, tirons-nous, maintenant, suppliait Rudy.

— Ta gueule, Rudy.

Paco remit sa matraque derrière son pantalon ; les trois frères portèrent Jean-Didier jusqu'au pick-up et l'allongèrent dans la benne. Ils grimpèrent dans la bagnole, remontèrent lentement la lande et revinrent au hameau du Petit-Moulin par le même chemin du Hiez.

Le restaurant était à l'entrée du hameau, sur la gauche en venant du village. Il était 18 h 30 passées et la mère était derrière son comptoir, avec pour seule compagnie René Petitjean, un agent d'entretien communal à la retraite qui habitait une petite maison isolée sur la route du col et descendait tous les samedis soir boire un coup à l'auberge de la Moselotte. Il faisait froid et humide. Par économie, Mme Bader reculait le moment d'allumer le vieux poêle à charbon. Les lumières de la salle étaient éteintes, hormis celle derrière le comptoir ; la pénombre de la fin d'après-midi grise fondait lentement sur le restaurant. Assise sur une chaise sous une lampe de bureau fixée à côté de la machine à café, une couverture sur les épaules, la vieille tricotait, sa tête dépassant à peine du comptoir. De l'autre côté, René buvait son ballon de rouge en fixant la porte d'entrée d'un regard éteint. Il en avait passé des soirées à fixer cette porte d'entrée ! Pour se divertir, il imaginait parfois qu'une troupe de pom-pom girls pleines de plumes entrait en dansant et en levant la jambe.

Au deuxième lacet en sortant du hameau en direction du col, il y avait un parking avec une batterie de poubelles publiques de tri sélectif de toutes les couleurs, d'où partait un sentier de randonnée. Quand il remontait à la nuit tombée, il y avait souvent, garée sous les arbres tout au bout du parking, une voiture avec de la buée aux fenêtres, qui tremblotait lamentablement. C'était la pauvre Kelly qui fixait là ses rendez-vous. Un soir, il l'avait vue sortir dépoitraillée, avait baissé la tête. Il trouvait que c'était bien triste d'être tombée si bas, lui en voulait des idées qu'elle faisait naître en lui. Il vivait seul depuis la mort de sa femme dix ans auparavant, avait perdu l'habitude de parler. L'hiver, il était « perchiste » dans la petite station de ski du Brabant : huit heures par jour à tendre des perches ; l'été, il louait ses vieux bras pour la récolte des fruits, plus bas dans la vallée, et là encore il se servait d'une perche pour secouer les arbres. Quand il buvait le coup au comptoir du restaurant, il n'échangeait pas trois mots avec la vieille Bader (« Probable qu'il va encore pleuvoir demain », disait la vieille. « Probable », répondait-il) et ne lui avait évidemment jamais parlé de sa petite-fille qui se vendait dans la forêt (mais la vieille l'ignorait-elle vraiment ?).

Ce soir-là, Kelly était au restaurant, assise au fond de la salle, dans l'obscurité. Elle buvait un verre de Coca-Cola en jouant à un jeu vidéo sur son téléphone portable pour tuer le temps. Sous sa doudoune, elle portait un tee-shirt blanc échancré, sans soutien-gorge. Elle avait à peine trois clients réguliers, un bûcheron de Saulxures, un boucher marié de Ventron et le facteur de Saint-Pierre qui lui avait fixé rendez-vous par SMS à 21 heures le soir même, au fameux parking de la route du col.

De la fenêtre, elle vit les phares du pick-up de son père balayer furtivement l'intérieur du restaurant. La voiture venait d'entrer dans la cour, s'était garée le long de la façade arrière de la maison, à côté du gros tas de bois protégé par une bâche sur laquelle étaient posées une plaque de tôle et trois grosses pierres. L'accès à la cave se faisait par une trappe située derrière le comptoir, ainsi que par un escalier extérieur de trois hautes marches raides qui donnaient sur une porte basse en métal. Des pots de fleurs en terre cuite remplis de mauvaises herbes, brisés pour la plupart, étaient disposés aux extrémités des trois marches. Sous le premier était planquée la clé de la cave.

Bobby était sorti de la voiture, avait ouvert la porte et tourné l'interrupteur. Une ampoule suspendue à un fil éclaira faiblement un gros tas de charbon sur la droite, un établi et des outils, ainsi que des gros tonneaux vides empilés et des cubis de mauvais vin. Sur une étagère poussiéreuse, une vingtaine de grosses boîtes de conserve de 10 kilos de cassoulet « tombées du camion » avaient été rangées une semaine auparavant (menu du jour pour les prochains mois : « cassoulet maison »). Au fond, on distinguait l'échelle qui menait directement au restaurant, ainsi qu'une deuxième cave avec des casiers supportant quelques bouteilles.

Bobby secoua une canalisation pour tester sa solidité et remonta. Paco et Rudy avaient sorti Jean-Didier, qui reprenait peu à peu ses esprits. Ils le descendirent par l'escalier, lui cognant la tête au passage, et l'assirent le long de la canalisation. Bobby prit sur l'établi un bout de corde et un chiffon graisseux, lui attacha les mains dans le dos au tuyau et lui fit un bâillon. Il se releva et contempla son prisonnier. Seul Rudy comprenait que ce qu'ils venaient de faire n'avait aucun sens. Les deux autres avaient le sentiment du devoir accompli. Ils étaient excités comme des bêtes sauvages, le sang fouetté par l'action ; Paco avait des envies de meurtre à main nue.

Ils sortirent de la cave, refermèrent la porte à clé et remontèrent dans le pick-up. Rudy prétexta la fatigue et se fit déposer à la sortie du hameau, tandis que les deux autres effectuèrent comme prévu leur périple à Mulhouse. Ils rôdèrent près de la gare, se firent rejeter par les prostituées roumaines (trop bourrés, trop louches), mangèrent finalement un kebab à la viande de chat et décidèrent de rentrer au village pour continuer à picoler chez Pierrot.

C'est là qu'ils croisèrent ceux du Renard Pendu et que Bobby se demanda l'espace d'un instant si les deux fermiers et leurs copains n'étaient pas déjà au courant. La beauté de la fille avait renforcé sa haine. Pourquoi ces fermiers avaient-ils le droit de se taper un canon alors que lui avait eu une femme qui engraissait de jour en jour (elle avait fini par partir, lasse d'être rossée) et que même les prostituées le rejetaient ? Sans compter que la petite salope lui avait manqué de respect ! Au bistrot, il avait rigolé méchamment. La vengeance est un plat qui se mange chaud, froid et même tiède.

Mais le lendemain au réveil, c'était une autre histoire. Il se grattait la tête dans son lit. Cela faisait belle lurette qu'il n'avait plus de gueule de bois, seulement une langue pâteuse et les yeux qui brûlent. Les événements de la veille lui paraissaient nimbés dans un brouillard. Il n'était pas le genre de type à avouer à quiconque, pas même à lui, qu'il avait fait une connerie. Il se persuada qu'il avait agi au mieux pour empêcher la réouverture de l'auberge et qu'il suffisait à présent de menacer les fermiers. Il prit une feuille et un stylo, s'installa à la table de la cuisine et rédigea sa lettre débile.

À midi, il se rendit à la ferme du Renard Pendu,

se cacha derrière un arbre et, quand il fut certain que tout était calme, l'afficha sur la porte d'entrée avant de rentrer dans son hameau par la forêt. Quelque chose le turlupinait cependant. Que faire de Jean-Didier ? Après le déjeuner familial, il convoqua Paco et Rudy pour faire le point. Rudy plaidait pour qu'on relâche l'otage.

— Il a eu son compte, ça lui servira de leçon.

— Il va aller directement aux flics, lui répondit Paco.

— On a qu'à le menacer. Lui dire que s'il va aux flics, on lui cassera la gueule, dit Rudy.

Bobby réfléchissait.

— Tant qu'ils n'auront pas de nouvelle de lui, ils ne rouvriront pas, annonça-t-il finalement.

Bobby et Paco étaient assis en train de boire du cognac. Rudy faisait les cent pas dans la salle à manger.

— Merde, on va pas le garder cent sept ans, Bobby !

— Personne ne sait que c'est nous qui a fait le coup, continua Bobby. On a qu'à le buter, personne n'en saura jamais rien.

Paco acquiesça. Rudy blêmit. De la cuisine, Kelly épiait la conversation entre son père et ses oncles. À peine étaient-ils partis la veille qu'elle était descendue à son tour à la cave pour voir ce qu'ils avaient trafiqué. Elle avait tourné l'interrupteur, s'était figée en découvrant Jean-Didier. Rien ne l'étonnait de la part de son père, rien ne la choquait vraiment non plus. Bonne fille (ou infirmière dans l'âme, allez savoir), elle était allée chercher de l'eau, lui avait ôté le bâillon et l'avait fait boire sans un mot avant de lui nettoyer le visage avec un mouchoir humide, de tamponner sa bosse sur le front et de remettre le tissu graisseux dans sa bouche. Sans le vouloir, Jean-Didier avait eu le temps d'admirer ses beaux seins en poire à travers le décolleté du tee-shirt lorsqu'elle s'était penchée. En sortant, elle lui avait fait un clin d'œil avant d'éteindre la lumière, ce qu'il avait interprété comme un signe d'espoir.

Elle n'avait pourtant nullement l'intention d'intervenir dans les affaires de son père, n'avait pas songé une seconde à avertir qui que ce soit, et surtout pas les gendarmes, qu'elle haïssait par tradition familiale. Ce n'est que lorsqu'elle entendit Bobby parler de tuer Jean-Didier qu'elle prit peur et décida d'aller prévenir Diego et Jason, lesquels rappliquèrent en vitesse.

Ils s'étaient bien sûr ralliés à la position de Rudy, qui était d'arrêter les frais, de relâcher Jean-Didier et de l'impressionner pour qu'il se taise. Quant à Paco et Bobby, ils étaient repartis dans la poivrade haineuse et n'abdiquaient rien de leur désir de meurtre.

Soudain ils entendirent des sabots résonner sur l'asphalte. Paco se leva et regarda par la fenêtre : le chevalier Gorin de Lorraine passait lentement devant la maison en grande tenue, casqué, lance à la main. Quatre mioches de la tribu le suivaient, dont l'aîné de Paco âgé de 12 ans, jetant des pierres qui rebondissaient sur son armure et le couvrant de quolibets. Paco explosa de rire. C'était bien la première fois que le débile osait traverser le hameau du Petit-Moulin ! Le grand jeu des frères Bader était de le terroriser quand ils le croisaient, jusqu'à le voir s'enfuir au galop. Et ne parlons pas des enfants, ces teignes illettrées au visage noir de crasse. Ils l'avaient un jour attrapé et poussé contre une clôture électrique (avec son armure, il s'était pris une sacrée châtaigne), l'avaient bombardé de bouse de vache, avaient même offert une carotte fourrée au poivre au pauvre Gringalet (« Nobles enfants, sachez que je vous suis infiniment gré de la pitance accordée à ma modeste monture », les avait remerciés Gorin avant que son poney nain ne soit pris de colique).

Dans son manoir, deux heures auparavant, le colonel avait sorti ses cartes IGN au 1/25 000 et élaboré une tactique offensive, postant ses tireurs tout autour du hameau : Jean-Mo était sur un petit promontoire couvert de jeunes hêtres à l'est, pile face à la maison de Bobby ; Jean-Jean et Blanche planquaient de l'autre côté de la rivière, derrière les joncs ; Marchal et Pottard coupaient l'accès au village, cachés derrière un transformateur EDF (seul Marchal avait un fusil de chasse, bien sûr, l'autre se contentait de l'encourager à coups de citations). Quant au colonel, il s'était fait conduire par Mme Thérèse à l'autre bout du hameau, au départ de la route du col, au prix d'un grand détour (il avait fallu gagner la route des crêtes et redescendre par le Brabant), où devait le rejoindre le chevalier qui avait emprunté les chemins forestiers.

La stratégie consistait à faire sortir les rats de leur tanière et c'est pourquoi il avait envoyé le chevalier en appât. Mais c'était sans compter la méfiance de Bobby. Paco était bien sorti sur le perron de la maison pour insulter plus à son aise le chevalier, et pourquoi pas le faire fuir au galop, mais Bobby le rejoignit, soupçonneux, scrutant les environs.

Dans leur terrible guerre contre les Américains, les Apaches de l'Arizona enduisaient de suie leur carabine, ce qu'ignorait Jean-Mo. Un rayon du soleil déclinant vint taper contre la platine de l'arme, créant une petite étoile de lumière au sommet de la colline, laquelle n'échappa pas à Bobby. Il saisit Paco par le bras pour l'entraîner à l'intérieur. Dans sa lunette, Jean-Mo vit à l'expression de Bobby qu'il était repéré ; il tira. La balle vint se ficher dans la porte d'entrée, décollant un petit bout de bois. L'écho de la détonation plana sur la vallée. Ce fut la panique chez les Bader ! Dans la salle à manger, Diego et Jason bondirent de leur chaise ; Bobby se rua sur sa carabine et se précipita à la fenêtre. Ce débile se croyait dans un western et péta sa propre vitre d'un coup de crosse. Il tira deux fois en direction de la colline, décrocha, se plaqua dos au mur. Dans la rue, les gosses abandonnèrent le chevalier qui sortait du hameau et rentrèrent chez eux en cavalant. Dans la cuisine, Kelly hurlait. À côté de l'évier, une porte-fenêtre donnait sur le jardin à l'arrière de la maison, au fond duquel coulait la Moselotte. Les quatre frères Bader voulurent l'emprunter pour courir chez eux chercher leur fusil mais ils furent cueillis par le tir nourri de Jean-Jean. La porte-fenêtre vola en éclats, le crépi du mur extérieur accueillit les balles dans un bruit mat. Les quatre frères reculèrent, Kelly se cacha sous la table.

Bobby avait une autre carabine rangée dans le

placard de l'entrée, ainsi qu'un fusil de chasse dont il avait scié les canons. Il les distribua à Paco et Diego. Le premier se posta dans la chambre de Kelly à l'arrière de la maison (et encore une vitre de pétée à coups de crosse), le second décida de tenter une sortie. Il se plaqua derrière la porte d'entrée, respira un grand coup, l'ouvrit rapidement et bondit sur la droite avant de se jeter à plat ventre derrière la haie. Une balle ricocha sur la marche du perron juste après son passage.

Diego rampa, le fusil à la main, atteignant bientôt le jardin de la maison voisine, celle de Paco. La femme de son frère était sur le pas de sa porte, appelant désespérément son mari. Diego lui cria de rentrer. Il continua de ramper le long des haies jusqu'à la maison suivante, la sienne. De là, l'auberge située en face de la rue faisait écran entre la colline et lui. Il se redressa et traversa la rue en courant avec l'idée de contourner le restaurant par la droite et d'effectuer une grande boucle dans la forêt pour prendre la colline à revers. Mais un spectacle d'épouvante l'attendait dans la rue !

Bricoleur à ses heures, le colonel s'était construit un fauteuil roulant de combat, quatre plaques de tôle (celle de devant percée d'une meurtrière) entourant le siège monté sur un châssis de deux jeux d'énormes roues reliées par une chenille, le tout fonctionnant avec un moteur de zodiac de 450 chevaux.

Quand il avait entendu les premiers coups de feu, il avait démarré l'engin et lancé l'assaut, un casque en cuir sur la tête, ses grosses lunettes de tankiste sur les yeux, le Smith & Wesson à la main. Il avait fait deux ans en Algérie dans les blindés de reconnaissance ! Les chenilles se cabraient sous la puissance du char, le moteur hurlait, le colonel fonçait dans la grand-rue, tirant au jugé de la main gauche, pilotant l'engin de la droite grâce à un petit guidon avec accélérateur au poignet. Le tank pouvait monter jusqu'à 25 kilomètres à l'heure !

La peur au ventre face au monstre de métal et ses immenses chenilles, Diego riposta à deux reprises, le canon scié à hauteur de hanche, avant de décrocher et de courir se planquer derrière le restaurant où il s'accroupit dans le petit escalier menant à la cave (de l'autre côté de la porte, Jean-Didier entendait la fusillade et appelait à l'aide : « Mmmh ! mmmh ! »).

Le colonel continua jusqu'à la maison de Bobby et arrêta son char d'assaut face à la porte d'entrée. De sa main libérée, il dégaina le Colt Python et avec les deux flingues arrosa copieusement la maison, toujours au jugé (il ne voyait pas à cinq mètres), brisant les dernières vitres intactes, faisant sauter des morceaux de plâtre du mur, explosant le bois du cadre des fenêtres, un vrai carnage.

À chaque double détonation, le tank effectuait un petit bond en arrière à cause du recul. Bobby avait eu le temps de lâcher une salve mais les balles rebondissaient sur le blindage. Face à la puissance de feu du colonel (que redoublait celle du tireur de la colline), il dut lâcher sa position. Paco s'était coupé la main, et Jason avait été blessé au visage par un éclat de vitre, Diego avait disparu, Rudy s'était réfugié dans la cuisine avec Kelly. La maison était criblée de balles, transformée en décharge, le sol couvert de plâtre et de bris de verre. Bobby décida d'arrêter les frais. Il tira le napperon blanc posé sur la table basse, rampa sous la fenêtre et l'agita piteusement. Les tirs cessèrent.

— Déposez vos fusils sur le pas de la porte et sortez les mains en l'air ! cria le colonel.

Il y eut quelques minutes de silence à l'intérieur de la maison.

— Qu'est-ce qu'on fait ? demanda finalement Paco, qui était revenu dans la salle à manger, la main enroulée dans un linge.

— Qu'est-ce que tu veux qu'on fasse, abruti ! répondit Bobby.

— On n'aurait pas dû s'attaquer à ces fermiers, ils

sont complètement tarés, murmura Rudy en sortant à quatre pattes de la cuisine.

— Ferme ta grande gueule, Rudy ! hurla Bobby.

L'aîné des Bader ouvrit la porte d'entrée, posa sa carabine à terre et sortit les mains sur la tête. Paco fit de même, suivi de Jason et Rudy, qui levaient très haut leurs bras, roulant leurs yeux apeurés de gauche à droite. La petite bande du colonel ne tarda pas à le rejoindre devant la maison de Robert Bader. Jean-Mo descendit la colline à grandes enjambées, Blanche et Jean-Jean longèrent la rive gauche de la Moselotte jusqu'au pont puis remontèrent vers le hameau, en passant devant le transformateur EDF où étaient cachés les intellectuels qui leur emboîtèrent le pas. Pottard était livide mais dès qu'il comprit que le combat était terminé, il reprit du poil de la bête.

— Alors, on les a eus ? demanda-t-il à Blanche.

— Je crois qu'ils se sont rendus, répondit la jeune fille.

— « La victoire, pour moi, n'est rien sans la vengeance », répondit-il avec emphase. J'espère qu'on va leur tartiner la gueule à ces enfoirés !

N'entendant plus le fracas des armes, Diego se risqua timidement dans la rue. Lorsqu'il vit ses quatre frères les bras levés entourés du colonel et de ses hommes armés, il déposa son fusil à pompe, leva les bras à son tour et rejoignit les prisonniers. « Bravo, Bobby… » lança-t-il au passage à son frère. Va te faire foutre, pensa Bobby mais il ne répondit rien. Le colonel fit coulisser la plaque avant de son fauteuil roulant et apparut dans toute sa splendeur de tankiste avec son casque en cuir et ses grosses lunettes. Il avait rangé ses flingues, ôtait lentement ses gants.

— Jean-Didier ? fit-il.

Bobby la Poire montra la direction du restaurant d'un signe du menton. Avec le canon de son arme, Jean-Jean poussa Paco vers l'auberge de la Moselotte ; Blanche et Marchal suivirent. Bobby s'apprêtait à leur emboîter le pas mais Jean-Mo l'interpella.

— Tu crois pas qu'on a un petit compte à régler ? lui dit-il en confiant son arme au colonel.

— À la loyale ? demanda Bobby.

— Mon nom n'est pas Bader, répondit Jean-Mo (Belle réplique, jugea Pottard.)

Les deux hommes se placèrent au milieu de la route, le regard dur. Les poings levés devant le visage, ils tournaient lentement l'un autour de l'autre, les yeux dans les yeux. Ils se balançaient des répliques de *Rambo*, histoire de se donner du cœur au ventre.

— « Je vais te faire très mal », le prévint Bobby.

— « Tu cherches des histoires ? T'es bien tombé mon pote », répondit Jean-Mo.

— « Quand tu y es poussé, tuer devient aussi facile que respirer », continua Bobby.

— « Si quelqu'un t'invite à une soirée avec plein d'autres gens et si toi t'y vas pas, personne ne remarque », lâcha Jean-Mo.

Bobby fronça les sourcils. Il ne se souvenait pas de cette réplique, se demanda quelle était sa signification secrète. Il se prit un premier pain dans la joue, amorti par son propre poing. Il attaqua à son tour, atteignit d'un direct le bras de Jean-Mo. Les deux hommes tournaient toujours au ralenti. Jean-Mo se courba, fit semblant d'attaquer à la tête, lui glissa un crochet au foie. L'autre souffla, fit un pas en arrière, s'élança à nouveau. Il toucha Jean-Mo à l'arcade, lui remit un coup sur l'épaule. L'aîné des Grosdidier ménageait ses coups, faisait des moulinets avec ses poings. « Sois plus offensif ! » criait Pottard qui, deux mètres en arrière, tournait avec eux.

Soudain, Jean-Mo fonça à son tour, distribua un crochet du gauche et un autre du droit qui furent tous deux parés. Mais Bobby écarta trop sa garde et se prit un direct dans le nez, suivi d'un uppercut. Sonné, il se rua sur Jean-Mo et l'étreignit. Le fermier le repoussa, remua l'air d'un crochet raté, se prit en retour un coup dans le ventre. Les combattants reprirent leurs distances. Jean-Mo avait le sourcil en sang ; Bobby ricanait. Trop sûr de lui, il mena une nouvelle attaque brouillonne et fut cueilli par un deuxième uppercut qui fit craquer quelque chose dans sa bouche. Maintenant sa garde haute, il recula de deux pas, le regard plein de haine, cracha une dent ensanglantée.

Excédé, il voulut bondir sur Jean-Mo pour le renverser mais celui-ci fit un pas de côté et lui colla un crochet à la tempe, immédiatement suivi d'un terrible direct du gauche qui pénétra la garde de l'affreux et sonna la fin du combat. Bobby vacilla, fit quelques pas erratiques avant de mettre un genou à terre, puis de s'asseoir sur la chaussée, complètement hébété.

— OK, Jean-Mo, dit-il, le souffle coupé.

— Ne t'attaque plus jamais à la famille ! lui répondit le vainqueur en le pointant du doigt.

*

Le colonel était rentré chez lui en confisquant les armes des Bader. Mme Thérèse était revenue le chercher au même endroit et l'avait ramené au manoir, où il s'était accordé un doigt de porto pour fêter la victoire. Blanche avait nettoyé l'arcade de

Jean-Mo qui avait retrouvé sa bonne humeur. Ils rentraient en bande à la ferme, parlant haut et fort sur le petit sentier longeant la forêt. Jean-Mo mimait le babouin pour amuser la galerie, ce qui faisait rire Jean-Jean de bon cœur car il était heureux d'avoir retrouvé son autre frère sain et sauf. Sur la colline de la Gesse, ils virent au loin le chevalier qui cheminait de l'autre côté du village en faisant des grands signes de croix en direction des arbres. Pottard expliquait à Jean-Mo qu'il avait une droite un peu faiblarde et qu'il aurait intérêt à améliorer son jeu de jambes. Quant à Jean-Didier, il était écœuré. Il s'était fait matraquer, avait passé près de vingt-quatre heures attaché à un tuyau dans une cave humide, mais le pire de tout, c'était l'assiette que lui avait apportée Kelly après le déjeuner : une sorte de poisson pourri qui sentait la vase, le pétrole et la merde. De sa mésaventure, c'est ce qui l'avait le plus traumatisé.

TROISIÈME PARTIE

Sécession

XII

L'hiver était tombé sur le pays. Un hiver rude, froid et humide, vosgien. Les fermiers des hautes chaumes avaient regagné la vallée avec leurs troupeaux, les cols étaient fermés, les crêtes livrées à la furie des éléments, aux vents hurlants, au blizzard du matin épais comme du coton, à la neige qui tombait dru et ensevelissait tout. Sur certains versants orientés au nord, elle perdurerait par larges plaques jusqu'à la mi-juillet. La haute montagne était transformée en désert, hormis les modestes stations de ski qui accueillaient de modestes skieurs. Les Vosges étaient sacrificielles, conçues pour éponger toute l'eau de l'océan, stopper net la fureur atlantique et permettre à la petite Alsace d'avoir son climat élégant, fabriqué pour la vigne, et sa douceur de vivre. Ô Noble Vosegus et ton grand bouclier vert !

Sur la route du Grand Ventron, à la frontière alsacienne, un chalet demeurait cependant habité à l'année. Bâti sur une lande à 1 000 mètres d'altitude, juste en dessous des crêtes, à la lisière de la forêt, il était en béton et en bois bardé de plaques de fibrociment avec un toit en pente qui descendait très bas. C'est là que vivait Amélie-Pangolina Babou de la Bouboue des Bouts du Bout, que dans le pays tout le monde appelait Babou. C'était la terreur du maire ! Conseillère municipale d'opposition, elle lui menait la vie dure, même si en dehors de la politique les deux adversaires étaient forcés de travailler ensemble : Babou était la propriétaire de l'entreprise de charpente de Saint-Pierre-aux-Puces.

Âgée de près de 70 ans, d'une obésité mythologique, elle était de vieille noblesse fuégienne : la légende familiale prétendait que le couple à l'origine de la lignée, natif de la Galice, avait fait partie de la fameuse expédition de Pedro Sarmiento de Gamboa et participé à la création de la « Colonie du nom de Jésus », établissement hélas connu dans l'histoire sous le nom de Port Famine, qui dit tout de son succès. Seuls survivants de l'aventure, les deux jeunes gens âgés d'une vingtaine d'années auraient fait souche en Terre de Feu et leurs descendants seraient devenus dans les siècles suivants des fameux chasseurs de phoques. Mais il est plus raisonnable de penser que les colons n'arrivèrent dans ces terres australes qu'à la fin du XVIIIe siècle.

Vers 1850, cette illustre famille possédait quoi qu'il en soit d'immenses pâturages en Terre de Feu et en Patagonie, ainsi que des centaines de milliers de moutons, et même une fabrique d'huile de baleine à Rio Grande. Mais à l'arrivée du dictateur Julius Popper, elle avait fui au Texas avant d'émigrer dans les Vosges aux premières années du XXe siècle, de s'installer à Saint-Pierre-aux-Puces et de franciser son nom en gage d'assimilation (c'est l'arrière-grand-père d'Amélie-Pangolina, José-Octavio Final de la Fifinal de los Finos del Fin, qui avait officiellement fait changer son patronyme encombrant en novembre 1910).

Ils avaient continué d'être éleveurs de moutons mais, avec l'ouverture commerciale, ils ne purent longtemps faire face à la concurrence des immenses cheptels de leur pays d'origine, l'Argentine, mais aussi de la Nouvelle-Zélande et de l'Australie. La famille s'était appauvrie, avait investi le peu qui lui restait dans l'entreprise de charpente avant de péricliter et de se disperser au lendemain de la Seconde Guerre. (Cinq ans auparavant, Amélie-Pangolina avait reçu une lettre très formelle d'un certain Frédéric de

Babou, agent d'assurances à Saint-Chamond dans la Loire, lui signalant son intention de retracer l'arbre généalogique de la famille ; depuis, plus aucune nouvelle.)

À la grande époque, les Babou de la Bouboue des Bouts du Bout possédaient plusieurs demeures à Saint-Pierre et alentour, ainsi qu'un chalet sur les hauteurs dans lequel on passait la belle saison ; c'est là que vivait désormais la dernière descendante de l'illustre famille, qui avait conservé de sa généalogie la fierté espagnole et la sauvagerie patagonne.

La pourriture magellanique dans laquelle avaient baigné ses ancêtres lui avait certes donné de quoi résister aux hivers vosgiens ! Tout était moisi, là-bas, couvert de mousse, spongieux, et les éléments étaient déments : le vent prenait son élan depuis l'Antarctique, soufflerie titanesque capable de congeler l'archipel en une nuit. Certains témoignages de rancheros évoquaient carrément des prodiges, comme ce ciel rempli de moutons durant une tempête de juillet.

Amélie-Pangolina n'aurait quitté son chalet pour rien au monde. Elle avait une vue imprenable sur les ballons d'Alsace et de Servance, ainsi que sur la vallée de la Moselotte. Avec une longue-vue, elle pouvait observer l'activité de la scierie de Marcel Laroque, voir les camions entrer et sortir, ce qui lui permettait de prendre le maire en défaut quand il lui disait qu'il n'avait plus de bois à lui vendre. « Et le chargement arrivé hier, c'est pour faire des allumettes, vieux filou ? » Marcel Laroque ne la supportait plus ! Il rentrait le soir épuisé, se plaignait auprès de sa femme. « Je n'en peux plus de la vieille eskimo ! Elle m'emmerde ! Si tu savais comme elle m'emmerde ! » La Vénitienne lui servait alors un petit kir avec des olives noires pour le calmer (des olives ordinaires et non celles de Kalamata qu'elle allait spécialement acheter chez un petit traiteur grec de Nancy dont-vous-me-direz-des-nouvelles et qu'elle réservait aux invités, réussissant toujours à glisser négligemment leur prix au kilo au cours de l'apéro).

Babou était une grande lectrice du théologien médiéval angevin du XIIe siècle connu sous le nom de « Bertrand d'Etiau » (ou « Maître Karel » selon le manuscrit n° 118 conservé au département des manuscrits de la BNF : mais est-ce vraiment le même auteur ? Les spécialistes en discutent), lequel prônait la nudité ontologique, le repli métaphysique lumineux et ce que Ferdinand Vista-Deloing, l'un de ses exégètes les plus fameux, avait qualifié dans les années 1950 de « philosophie fait-pas-chieriste avant l'heure ».

Depuis quelques mois, elle livrait un combat sans relâche au maire pour qu'il renonce à ouvrir une bibliothèque-médiathèque-pinacothèque-ludothèque dans le bâtiment que La Poste s'apprêtait à céder et qu'il voulait faire racheter par la commune (les opérations postales se feraient désormais à l'épicerie : dix points de gagnés pour les populistes). Elle inondait le village de tracts, manifestait seule sous une pancarte en scandant des slogans hostiles au pouvoir municipal, apportait la contradiction au conseil.

Philosophiquement, Babou était sans aucun doute karelienne. Mais politiquement, elle était plus difficile à cerner. Les deux phrases qui revenaient le plus souvent dans sa bouche étaient : « Foutez-nous la paix ! » et « Ne touchez à rien ! » La première la rangeait incontestablement dans le camp des anarchistes mais la deuxième sentait quand même son conservatisme.

Bref, elle avait déclaré la guerre à l'hystérie patrimoniale. Toutes ces « thèques » qui nous pourrissent la vie ! « La culture est entrée dans un stade muséomaniaque d'accumulation compulsive et morbide ! » scandait-elle au mégaphone sous les fenêtres de la mairie. Fini la production de chefs-d'œuvre : on collecte, on collecte, on met tout sous cloche ! Dès que ça vit encore un peu, boum, on assomme et on range au musée ! Il faut dire que les œuvres d'art proliféraient comme les algues vertes en Bretagne. La moindre croûte, le moindre fil de fer tordu, la moindre boîte de conserve conceptuelle : au musée. « Toute saturation mène à la décadence, y compris celle des biens culturels ! » affirmait Amélie-Pangolina dans son porte-voix. Sans compter que ces thèques appâtaient le touriste en tongs comme la confiture attire la guêpe. Et bien sûr, c'était le but ! Le maire voulait son petit quota des 88 millions de rigolos qui visitaient le pays tous les ans ! Qu'ils viennent lâcher quelques fafiots par chez nous ! « *Welcome*, les amigos, on n'a pas encore de McDonald's mais ne vous inquiétez pas, ça va venir ! » Troupeaux hagards de plus en plus massifs errant dans les musées et dans les ruines en ruminant ! Et toutes ces thèques fières d'afficher leurs compteurs ! La qualité d'une exposition mesurée aux clics d'un tourniquet ! Comme si le succès d'une exposition se comptait en nombre de visiteurs qu'elle reçoit et non en celui auquel elle a enseigné quelque chose ! En conséquence, Amélie-Pangolina voulait vider les musées, garder l'essentiel, et commencer par rendre tout ce qu'on avait pillé à l'Afrique : prenez, c'est cadeau, si, si, on insiste, et on prend en charge les frais de transport si vous le souhaitez.

L'hiver, la départementale n'était déneigée que jusqu'à la ville de Ventron, coupant Babou du monde. Elle s'était longtemps déplacée en traîneau tiré par six huskys, madone polaire vautrée dans ses peaux de bête qu'annonçait une dizaine de grelots évoquant quelque antique féerie, mais elle avait abandonné ce mode de transport archaïque lorsqu'elle avait découvert la motoneige. Une révélation ! Dès que la neige arrivait, elle sortait l'engin en jubilant, mettait son gros bonnet rouge, son masque de ski, et c'est parti mon kiki !

Elle dévalait les pentes en dératée, décollait sur les bosses, coupait les pistes de la station malgré l'interdiction, faisait des pointes à 90 kilomètres à l'heure sur le grand pré de La Charmotte au-dessus du village, la tête collée au guidon et le manteau au vent. Quand elle rentrait le soir, elle suivait la départementale sinueuse au ralenti, surprenait les chevreuils à la sortie des virages, leur air de pimbêche outragée figé dans le grand phare de la moto.

Il lui restait deux vieux chiens tout râpés mais elle avait cessé de renouveler l'équipage et les cadors passaient leur retraite à roupiller devant le poêle alsacien en faïence qui ronronnait tout l'hiver. Babou avait découvert la modernité mécanique, opposant son petit bijou technologique à ceux qui lui reprochaient son conservatisme préhistorique (« Avec des gens comme vous, on ne serait jamais sorti des cavernes », lui avait un jour lancé le maire en plein conseil municipal).

Ce soir-là, elle se rendait à la ferme du Renard Pendu. L'auberge avait enfin rouvert ses portes ! Durant deux mois, les frères Grosdidier avaient travaillé d'arrache-pied sous la direction de l'Alsacienne. On avait taillé les haies, débarrassé les détritus de la cour, remis un coup de peinture aux volets, rafistolé les bancs de la salle à manger, ramoné la cheminée. Le matin, c'était réveil au clairon ! L'ambiance avait viré Elsass Military hop là ! Elle ouvrait les portes à coups de pompe : « Debout, bande de paumés ! C'est fini les grasses matinées payées par l'État ! Au boulot, les empotés vosgiens ! *Storch Brigade* à l'action ! » Les travaux avaient été une vraie réussite. Depuis l'inauguration, la salle ne désemplissait pas.

C'est par le colonel que Babou avait fait la connaissance de Blanche. La campagne victorieuse contre les Bader avait soudé la petite armée qui se réunissait régulièrement à la Croix-aux-Mines et, devant un thé, se remémorait les grandes heures de la bataille du Petit-Moulin.

Yvon Pottard avait décidé de rester dans la région.

Il avait fait un aller-retour en car à Épinal, s'était constitué une petite garde-robe de saison (pantalon en velours côtelé, pull noir à col roulé, caban à col en fourrure) avec l'intention de passer l'hiver au Lion d'Or. Les misères que lui faisaient ses contemporains l'avaient rendu misanthrope. À quoi bon écrire pour les cons, disait-il à Thierry Marchal. Les ventes de ses livres s'effondraient un peu plus chaque jour, son éditeur l'avait lâché, les journalistes parisiens le couvraient de quolibets ; il misait désormais tout sur la postérité, passait des heures à fumer sur son lit et à jouir des regrets qu'éprouveraient un jour ses ennemis quand ils réaliseraient qu'ils avaient calomnié un génie.

Pour lui changer les idées, le journaliste l'avait emmené voir les castors qui nichaient sur la haute Moselotte. Depuis une dizaine d'années, ils étaient revenus dans la vallée et les barrages qu'ils construisaient faisaient jaser. L'espèce était désormais protégée, ce qui n'empêchait pas certains citoyens de leur tirer dessus. Par désespoir, un fermier dont le champ était transformé en marécage avait même balancé une grenade dans un nid. On avait retrouvé des bouts de castors sur les arbres dans un rayon de 50 mètres. Le fermier avait été arrêté et condamné mais l'affaire avait divisé la vallée. Certains défenseurs des animaux avaient proposé de rétablir la peine de mort (avec torture au préalable), tandis que les fermiers faisaient bloc en évoquant la légitime défense. C'est alors que Marchal avait effectué un grand reportage avant de publier une série d'articles en défense du rongeur, ce qui lui avait valu de recevoir des lettres d'insultes (et même une enveloppe remplie de merde).

Pottard se passionnait désormais pour les castors et les deux hommes passaient des journées entières à les observer. Le romancier envisageait d'écrire une étude définitive sur le sujet dans laquelle il comptait non seulement décrire leurs mœurs et retracer l'histoire de leur relation à l'homme depuis la préhistoire mais aussi, dans une partie plus philosophique, ériger leur organisation sociale en modèle d'économie politique. Un travail de longue haleine qui l'occuperait quelques années.

Babou était très liée au colonel, qu'elle connaissait depuis sa tendre enfance. Avait-elle été sa maîtresse durant ses années de flamboyante jeunesse ? Certains l'affirment. Pour notre part, considérant que l'historien ne doit parler que de ce qui est établi par les faits, et sans élément probant sur ce point, nous conserverons une prudence que nous estimons de bon aloi. Qu'ils fussent amants ou non, il nous suffira donc de dire qu'ils étaient d'excellents amis. Babou rendait régulièrement visite au colonel ; ils prenaient le thé ensemble, se promenaient dans le jardin du manoir, bavardaient de longues heures, épiés par Mme Thérèse qui éprouvait une grande jalousie vis-à-vis de leur amitié.

Babou avait immédiatement aimé la jeune Blanche Wagner. Elle admirait sa jeunesse, sa beauté et son intelligence, voulait lui voir jouer un grand rôle au village. Son but, on l'aura compris, était de renverser le maire, qu'elle estimait trop ouvert aux vents mauvais. Babou, elle, prônait le repli sur soi, la fermeture, l'immobilisme. Son idéal était le monde féodal, le fusil en plus : des petites sociétés concrètes où rien ne bouge, où rien ne change, où personne ne s'aventure, où l'on naît avec un paysage sous les yeux et où l'on meurt avec ce même paysage sous les yeux. Elle trouvait le village beaucoup trop accueillant. Tous ces parasols et ces fleurs ! Saint-Pierre était labellisé « village fleuri », ainsi que le rappelait un petit panneau trônant à l'entrée de la commune. Babou aurait préféré y voir inscrit : « Village sans fleurs et sans commodités. Passez votre chemin ». Qui sait si Blanche, bien cornaquée, n'arriverait pas à ravir la mairie et à appliquer son programme fermeturiste ?

La salle était déjà à moitié pleine quand elle arriva à l'auberge. Elle secoua sa pelisse, la suspendit au portemanteau et s'assit à la table la plus proche de la cheminée où un couvert était dressé pour elle. À l'autre bout de la table étaient installés le major Stéphane Vidal, l'adjudant Joseph Mathis et leurs épouses respectives, qu'elle salua. Mme le Major était du Sud elle aussi ; elle semblait un peu dépaysée dans cette ambiance rustique. Elle avait un brushing impeccable, portait une broche en faux diamant sur son chemisier, arborait un sourire poli. Elle détestait partager sa table, surtout avec une personne seule ! Quand elle se savait écoutée par un inconnu, elle perdait toute spontanéité et disait des âneries (elle en disait quoi qu'il arrive, affirmaient certaines mauvaises langues). Elle aurait préféré aller au restaurant de Saulxures mais le major Vidal s'était pris de passion pour la ferme du Renard Pendu. Il y passait régulièrement pour des prétextes variés, roucoulait devant la petite Blanche quand il était seul et lui baisait la main, se montrait distant et poli quand madame était présente.

À la table à côté étaient installés six jeunes gens du village qui buvaient des Picon bières en rigolant. Trois d'entre eux vivaient à Nancy et étaient revenus à Saint-Pierre pour passer Noël en famille.

Et tout au fond de la salle : monsieur le maire ! Il avait invité Francis à dîner pour faire le point sur les coupes effectuées par le bûcheron. Quand Babou était entrée, il avait fait semblant de ne pas la voir mais un observateur averti aurait pu constater que son visage s'était soudain assombri.

Blanche vint embrasser la Patagonne avant de prendre la commande des gendarmes et de leurs femmes. Tous les vendredis et samedis soir, le Renard Pendu proposait de la tarte flambée. C'est Jean-Jean qui s'y collait. Il trônait devant son four à pain avec sa grande pelle en bois, un tablier blanc noué autour de la taille, un bandana dans les cheveux, de la farine sur le visage (il s'en barbouillait discrètement) : un vrai pro. Parfois, Jean-Didier le remplaçait ou aidait au service. Quant à Jean-Mo, il était affecté à la plonge. S'il continuait d'exprimer sans complexe son racisme anti-tarte flambée, il n'en bâfrait pas moins, bien sûr.

Ce soir-là, tout le monde parlait des « événements » : le pays, comme on s'y attendait, était en train de craquer. Un voyou poursuivi par la police sur un scooter volé s'était tué, créant la fameuse étincelle. Les banlieues s'étaient soulevées une à une, la police fut très vite débordée, l'État paralysé par la peur et son droit : on plongea en quelques jours dans un chaos tiers-mondiste. Une nuit, dans plusieurs villes de France, des milliers de commerces tenus par des Blancs furent saccagés et brûlés. Les lynchages se multipliaient. Ceux qui s'étaient mis à genoux devant la nouvelle puissance occupante étaient maintenant couchés, parfois à jamais. Pour la première fois, des revendications politiques se greffaient aux soulèvements. Des comités apparurent, qui réclamaient la fin du racisme systémique et de la domination républicaine et qui entendaient faire reconnaître dans leurs territoires une loi fondée sur la charia. Des milices armées de kalachnikovs patrouillaient dans les rues, seules capables de ramener l'ordre. Quelques figures médiatiques émergèrent, la fenêtre d'Overton se déplaça : on discutait maintenant sur les plateaux télé de l'unité de la France et de la nécessité, ou non, de réviser la Constitution dans ce sens. De nombreux intellectuels faisaient valoir que le modèle républicain n'appartenait pas à l'histoire des minorités et que tenter de l'appliquer de force relevait de la mentalité coloniale. Quelques républicains gâteux, les mêmes qui avaient ouvert les frontières depuis quarante ans, prônaient de leur côté le vivre-ensemble et la laïcité (et-condamnaient-fermement-le-multiculturalisme).

Le gouvernement venait d'accorder les premières dérogations à la ville de Saint-Denis et notamment l'autorisation d'ériger un tribunal islamique pour juger des affaires familiales. « Banlieues : le gouvernement temporise », avait titré un quotidien du soir. C'est de cette décision que l'on parlait à la ferme du Renard Pendu et, comme souvent dans ces petites auberges vosgiennes, la discussion s'était faite collective, d'une table à l'autre. Le maire, à qui l'on avait demandé son avis, estimait que, bien sûr, il était important de faire baisser la tension pour en finir avec ces émeutes mais que, tout de même, cette dérogation ne lui disait rien de bon.

— Le risque que je vois poindre, c'est de les éloigner un peu plus de la laïcité, dit-il avec solennité avant de boire une gorgée de pinot noir.

Les buveurs de Picon s'en foutaient. Cela faisait belle lurette qu'ils ne comptaient plus sur l'État pour défendre leur mode de vie et leur identité. Mais le major Vidal était, lui, remonté. « C'est une décision insensée ! » affirma-t-il à plusieurs reprises en tapant du poing sur la table, tandis que Mme le Major approuvait gravement en hochant la tête.

— Insensée, insensée… Je voudrais vous y voir, vous, à la tête de l'État ! répondit le maire. Je ne dis pas que c'est une bonne décision, mais il faut tout de même savoir faire preuve de pragmatisme, c'est à cela que l'on reconnaît un grand dirigeant.

— Insensé ! répéta le major Vidal. Un tribunal musulman ! Je vous l'affirme : c'est la fin de la France !

Marcel Laroque secoua la tête.

— Vous dramatisez, cher major ! Laissez-les donc tester leur tribunal archaïque et vous verrez qu'ils reviendront bien vite à la laïcité ! Qu'est-ce que vous croyez ? Qu'on va bientôt lapider les femmes en Île-de-France ?

Il partit dans un grand rire (on égorge bien les prêtres et les profs d'histoire, pensa le major mais il garda sa réflexion pour lui).

— Allons, allons, il faut savoir raison garder... continua le maire. Après tout, ce fameux tribunal n'est peut-être qu'un sas entre deux mondes, une manière d'amortir le choc du dépaysement. N'oubliez pas que la plupart des habitants de Saint-Denis sont d'une autre culture, et que celle-ci est aussi respectable que la nôtre. Qui sait si ce tribunal ne va pas faciliter l'intégration en leur permettant de juger des deux modèles sur pièce ? Il faut être positif, major, croire en notre beau modèle !

— Mouais, conclut le major, peu convaincu.

Babou mangeait sa tarte flambée en silence. Croire en notre beau modèle ! Elle avait envie de rire. Sa religion était faite : la France serait démantelée avec la même force, la même foi et la même minutie juridique qu'on avait mises à la fabriquer, et on n'allait pas attendre comme des abrutis d'être un bout du lambeau à la dérive. Il était temps de penser au mignon *Kleinstaat*, à la petite colline incarnée !

À la fin du service, Blanche s'assit à sa table pour prendre le café avec elle. Babou lui dit enfin ce pour quoi elle était venue : l'auberge étant fermée le lendemain, le colonel la convoquait le soir chez lui, dès la tombée de la nuit. Affaire de la plus haute importance !

XIII

Son origine se perdait dans la nuit des temps. Elle était issue de ces confréries guerrières d'hommes-loups celtes et germaniques qui terrorisèrent tant les Romains, elles-mêmes étant probablement les héritières de confréries magiques bien antérieures, prenant leur source très loin dans la préhistoire. Ils absorbaient des plantes psychotropes, se peignaient le corps en noir, revêtaient des peaux de bête et attaquaient les campements ennemis au cœur des nuits sans lune avec une fureur démoniaque. « L'horreur seule et l'ombre qui accompagnent cette armée de lémures suffisent à porter l'épouvante », écrivait Tacite en tremblant. Avec la pacification romaine, puis la christianisation, ces confréries se réfugièrent dans les forêts profondes où elles subsistèrent durant des siècles avant de disparaître peu à peu. L'une d'elles, pourtant, fusionna avec une confrérie de bûcherons à la fin du Moyen Âge pour donner naissance à l'une des sociétés les plus secrètes au monde : la franc-bûcheronnerie.

Lors des grands défrichements, les bûcherons avaient commencé par se réunir pour échanger des informations pratiques sur leur métier avant de mettre progressivement en commun les secrets qu'ils étaient amenés à côtoyer dans la forêt et d'en créer un corpus spéculatif qui se transmettait depuis, de génération en génération, à quelques élus. L'Ordre était à mi-chemin de la chevalerie et du compagnonnage ouvrier. L'aspect magico-guerrier des confréries était passé au second plan même si l'antique influence des hommes-loups était visible dans la vision du monde des francs-bûcherons, et dans leurs rites. Les francs-bûcherons ne défendaient aucun régime, aucune dynastie, aucune réforme ou contre-réforme ; ils étaient les garants des vérités éternelles, le conservatoire spirituel de l'ancien temps. L'évolution de l'Histoire les avait néanmoins contraints à affiner leurs positions philosophico-politiques : ils étaient contre les Lumières, héritières des hérésies chrétiennes, contre le matérialisme et l'individualisme qui avaient coupé l'homme de ses racines, contre ce renoncement à toute conception supérieure de la vie, contre l'anarchie des droits et des revendications. Leur but était de réhabiliter l'obscurantisme, de revenir aux forêts hantées, aux prières collectives à la Vierge Marie et aux ballets des fées sur les landes embrumées.

Le grand-maître de cet Ordre secret était le colonel ; il portait le titre de grand-maître des Forêts, était secondé par un premier sergent des Forêts qui n'était autre que Francis, cette fonction étant traditionnellement réservée à un bûcheron d'active.

On l'aura compris, la règle fondamentale de l'Ordre était le secret absolu. Hors de leur réunion, les francs-bûcherons qui se croisaient dans le monde ne devaient jamais faire la moindre allusion à leur appartenance initiatique, ni *a fortiori* en parler.

Le colonel avait décidé de faire entrer les vainqueurs du Petit-Moulin dans l'Ordre, y compris Blanche, car l'Ordre n'avait pas oublié les Chevalières à la Hache qui en 1149 avaient brisé l'assaut des Maures sur leur ville de Tortose ; il accueillait aussi bien les femmes que les hommes, sauf pour la fonction de premier sergent des Forêts, strictement réservée à ces derniers.

Il avait donc fait convoquer la petite bande par Babou, Chevalière émérite, en l'occurrence Marchal, Pottard et Blanche car les trois frères Grosdidier étaient déjà membres de la confrérie (leur père avant eux et leur grand-père l'avaient également été). L'initiation aurait lieu dans les anciennes mines d'argent désaffectées, qui depuis l'arrêt de l'extraction au XVe siècle étaient devenues le royaume souterrain des héritiers du Loup.

Vers 17 heures, Blanche se rendit au hameau de la Croix-aux-Mines en passant par le village. Babou ne lui avait donné aucune explication mais elle pressentait qu'il s'agissait de quelque chose de décisif. Rue Pierre-Pelot, en face de l'église, elle croisa Yvon Pottard et Thierry Marchal qui sortaient du Lion d'Or et prenaient la même direction qu'elle. Ils se saluèrent, franchirent le pont en bavardant, s'éloignèrent ensemble du village.

— Vous n'allez pas chez le colonel par hasard ? leur demanda Blanche.

— Positif, répondit Marchal.

— On est « convoqués » par l'éléphant de mer austral, ajouta Pottard avec dédain.

— Elle s'appelle Babou, corrigea froidement Blanche.

Pottard soupira. Il était de mauvais poil. « Convoqués » ! Et quoi encore ? Il estimait que l'on faisait trop peu de cas de son statut d'écrivain dans ce village. « Je vous trouve un peu nerveux en ce moment, vous devriez faire gaffe au burn-out », lui avait dit Pierrot lorsqu'il avait émergé à midi en râlant parce qu'il n'y avait plus de croissants pour son petit déjeuner. Il n'était pas snob mais quand même !

— Tu as une idée de ce qu'il nous veut, le colonel ? demanda Marchal.

— Aucune, répondit Blanche.

— Probablement nous montrer sa collection d'armes en nous traitant de chenapans... ironisa Pottard.

Ils prirent le petit sentier qui courait à travers la lande sous le chemin du Hiez (là même où Jean-Didier avait été enlevé par les frères Bader), marchèrent à la queue leu leu en suivant la piste étroite de neige tassée. Le vent s'était levé, faisant tourbillonner celle, fraîche, de la lande. La nuit tombait, les ombres devenaient grises, la cime des arbres se balançait lentement dans le silence de l'hiver. On était le 27 décembre, jour des Saints-Innocents.

Le manoir du colonel était plongé dans l'obscurité, les grandes fenêtres étaient tapissées de noir, à part à l'étage où une petite lucarne dans la soupente brillait d'un faible éclat : la chambre de Mme Thérèse. Blanche, Pottard et Marchal avaient franchi le portail et se dirigeaient vers l'entrée de la demeure où se distinguait l'ombre du perron, et sur cet ombre l'ombre d'un homme qui attendait les bras croisés : c'était Francis. Il les salua d'un hochement de tête et leur fit signe de le suivre.

— Francis ? Qu'est-ce que tu fais là ? demanda Marchal, mais déjà le bûcheron contournait la maison dans l'obscurité.

— On peut savoir où on va ? demanda Pottard.

Pas de réponse. De plus en plus interloqués, Blanche et les deux garçons le suivirent, longèrent le mur de la façade, tournèrent à gauche et s'enfoncèrent dans le jardin. La neige recouverte d'une fine pellicule de gel craquait sous leurs pas. La vieille 4L du colonel était garée devant la remise. Une grande cible aux couleurs passées, fendue en son milieu, reposait contre un arbre. Tout était mort, gris et figé, dans l'attente du retour de la vie.

Comme à son habitude, Francis traversa le jardin en ligne droite à grandes enjambées. L'écrivain, le journaliste et l'aubergiste cavalaient derrière. Le jardin de la propriété était grand, plus d'un hectare, et donnait littéralement dans la montagne : il se terminait par une pente abrupte de gros rochers et de sapins qui montait directement au Grand Ventron par la forêt. C'est à la base de cette pente, parmi les aubépines, que se trouvait l'entrée de la mine.

Nous l'avons dit au début de ce récit, c'était la seule entrée où un porche subsistait. Les premiers mètres souterrains s'étaient boisés, ce qui avait évité l'effondrement. Mais ce que l'on n'a pas dit, c'est que cette entrée était, depuis des siècles, régulièrement restaurée et maintenue en état. L'arbuste qui barrait l'entrée était taillé de manière à laisser un petit espace où se faufiler sur la droite, plié en deux. Dans la pénombre, les visiteurs ne remarquèrent pas les traces de roues de la chaise du colonel dans la terre. C'est pourtant par là qu'il passait lui aussi, au prix de mille complications. Ils franchirent en file indienne les 5 ou 6 mètres du porche et se retrouvèrent dans une vaste cavité où ils se redressèrent. Huit torches étaient fixées aux parois de granit de part et d'autre de la grotte, faisant danser les anfractuosités de la roche, les teintant de jaune et d'orange. Elle semblait vivre, cette roche ; des ombres fugaces se formaient le long de ses parois avant de disparaître. Les cristaux scintillaient. Les minuscules filets d'eau coulant sur ses flancs luisaient à la lueur des flammes, pour s'éteindre aussitôt. Blanche, Pottard et Marchal regardaient autour d'eux sans dire un mot. L'écrivain questionnait le journaliste du regard, qui ne répondait pas. L'ambiance était ouatée, les sons étaient étouffés ; il faisait moins froid que dehors, presque doux. On était saisi d'un engourdissement utérin. « Ça ne risque pas de s'écrouler, ce bazar ? » demanda Pottard. Mais Francis avait traversé la salle et s'engouffrait dans une galerie. Il fallait se courber, là encore, moins qu'au passage du porche, à peine baisser la tête. Un courant d'air filait vers le cœur de la montagne. Tous les 10 mètres, une torche était fichée dans la roche suintante, noircissant le haut de la galerie. À certains endroits, des gouttes d'eau tombaient sur le sol.

Francis emprunta une galerie sur la droite, une autre à gauche, et puis une autre encore à gauche. Il finit par tirer une torche de son support et s'engouffra dans une dernière galerie qui n'était pas éclairée. Pottard s'inquiétait. Ne pas lâcher le bûcheron d'une semelle pour ressortir de ce labyrinthe ! Il suivait Marchal qui suivait Blanche qui suivait Francis, de plus en plus étonné et inquiet. Ils débouchèrent dans une vaste grotte en forme de dôme, deux fois plus grande et plus haute que celle de l'entrée de la mine.

Des torches fixées à la roche en faisaient le tour, éclairant une cinquantaine de personnes debout en demi-cercle, toutes vêtues de peaux de loup, le visage et le corps bariolés de suie. Les visiteurs se figèrent. Pottard hurla. Allez savoir pourquoi, il crut l'espace d'un instant qu'un tribunal lesbien satanique allait le juger et lui couper les couilles ! Dans son fauteuil roulant, un homme grimé comme les autres, au milieu d'eux, s'avança en riant.

— N'aie pas peur, l'ami, tu n'as ici que des amis…

Blanche fit quelques pas vers lui. Elle regarda les torches, les assistants, l'homme dans sa chaise.

— Colonel ? Mais…

— Bienvenue, Blanche. Bienvenue à tous les trois. Approchez, approchez…

La jeune Alsacienne continuait d'observer ces drôles de gens. Avec leur gueule de loup qui avançait en visière sur les fronts, leur couvrant une partie du visage, et la suie dont ils étaient barbouillés, elle avait du mal à les distinguer. Ils étaient nus sous leur peau de bête ! Elle reconnut Babou à sa corpulence, lui fit un petit signe timide de la main. Là, le gros singe poilu, n'était-ce pas Jean-Mo ? Et à côté, ses deux frères ? Et le type à côté de Babou, on dirait le gendarme Jojo… Et tout au fond, adossé à la roche, ce petit maigrichon ressemble à Gorin de Lorraine ! Était-ce possible ? Que faisaient-ils tous là ? Pourquoi cet accoutrement ?

— Approchez, approchez, continuait le colonel. Bienvenue parmi nous…

— Mais qui êtes-vous ? demanda Thierry Marchal.

— Nous sommes les tenants des vérités éternelles que le monde a cru bon d'oublier, ami. Nous sommes la jeunesse du monde dans un monde de vieillards. Nous sommes les niais sylvestres, innocents et cruels. Nous sommes la discipline et la fraternité, les chasseurs de la Horde et les éducateurs. Nous sommes les francs-bûcherons.

— Mais à quoi tout cela… Enfin, que faites-vous ? À quoi servez-vous ?

— Nous ne faisons pas grand-chose, ami. Nous sommes là, c'est déjà pas mal. Dehors, et de tout temps, la guerre fait rage entre les forces destructrices et les forces constructives. Lorsque les premières auront définitivement anéanti les secondes, ce sera l'heure d'un nouveau cycle, et cela passera par le chaos, la souffrance et les larmes. C'est le temps des Loups, lorsque la bête bondit, avalant tout sur son passage. Ce temps est arrivé, ami, la bête est déchaînée, il faut la laisser tout dévorer. De cette crypte cachée, l'esprit pourra alors se libérer et souffler du haut en bas de la hiérarchie solide pour faire revivre la liberté. Des entrailles de la montagne jaillira un volcan de liberté, voilà la vérité. Et voilà à quoi nous servons : à conserver cette liberté, et à la faire revivre, et par liberté je dois te préciser que nous n'entendons pas celle qui est dans l'abandon des anciennes fidélités, cette fausse liberté qui nous a menés au gouffre, mais celle qui est au contraire dans la réaffirmation volontaire de ces anciennes fidélités. Notre liberté.

Un murmure d'approbation traversa l'assemblée. « Vive Jésus ! » cria Gorin de Lorraine, ce qui provoqua des ricanements. Une femme à ses côtés lui fit signe de se taire.

— Le monde n'est stable que dans le secret, continua le colonel. Tout a toujours été, tout est, tout ne sera toujours que secret. Les grands événements du monde ont des causes secrètes. Les vrais chefs du monde sont secrets. Les grands éducateurs le sont également. Notre société bâtie sur la connaissance initiatique est le secret des secrets, ignorée des autres sociétés secrètes, des chefs secrets et des polices secrètes. Vous êtes ici ce soir car nous vous avons estimés dignes de rentrer dans notre Ordre, le plus antique et le plus secret qui soit. Si vous acceptez de rejoindre cet Ordre, il faudra donc jurer de respecter ce secret des secrets, il faudra jurer de n'en jamais dire un mot, de n'en jamais faire une allusion, même lorsque vous serez en tête à tête avec un confrère, même lorsque vous serez seul avec vous-même. Tout ce qui se dit dans cette crypte ne s'est jamais dit. Tout ce qui s'y fait ne s'est jamais fait. Tout ce qui existe n'existe pas.

— Et si on refuse ? demanda Marchal. Je veux dire : si on refuse d'entrer dans l'Ordre ?

Nouveau murmure dans l'assemblée.

— Cela ne s'est jamais vu, répondit le colonel. Il nous faudrait fouiller loin dans notre tradition pour savoir que faire. Les confréries de garous dont nous sommes les descendants coupaient la langue et brûlaient les yeux de celui qui avait vu sans être un frère. Mais nous autres francs-bûcherons n'avons jamais été confrontés à un tel cas.

— Moi j'accepte ! cria Pottard. Je veux être un garou !

— C'est un honneur que vous me faites et je l'accepte humblement, répondit Blanche à son tour.

— J'accepte également, dit Marchal. Et vous pourrez compter sur moi pour tenir ma langue.

— Fort bien, les amis, fort bien, murmura le colonel.

Francis s'était déshabillé dans un renfoncement de la grotte et avait revêtu, lui aussi, une large peau de loup qui lui pendait dans le dos. Les bras tendus, il en présenta trois autres, deux de loups et une de louve. Elles étaient grises aux reflets noirs, aux longs poils soyeux et brillants. Blanche, Pottard et Marchal prirent chacun la leur et suivirent Francis dans le renfoncement où ils se déshabillèrent sans chichi.

Pottard ne put s'empêcher d'admirer la nudité de la fille, sa chute de reins et son corps de rêve, sa peau blanche sur laquelle dansaient les taches de feu et les ombres. La jeune femme posa la peau de louve sur son dos, noua les deux lanières autour de son cou. Francis leur frotta le corps et le visage d'une suie grasse et épaisse.

Le demi-cercle était devenu un cercle quand ils réapparurent. Le colonel était au milieu, brandissant une épée de la main droite. Ils franchirent le cercle à pas lents, s'agenouillèrent devant le grand-maître des Forêts. Il y avait un profond silence dans la grotte, que brisa l'officiant.

— Blanche Wagner, Yvon Pottard, Thierry Marchal, est-ce bien à vous que j'ai affaire ? demanda le grand-maître.

— Oui, c'est bien nous, répondirent timidement les novices.

— Voulez-vous en conscience rejoindre les héritiers du Loup ?

— Oui, nous le voulons, répondirent-ils.

— Voulez-vous en conscience faire partie de l'Ordre antique et très secret des francs-bûcherons ?

— Oui, nous le voulons.

— Jurez-vous de ne jamais briser le secret de votre appartenance ?

— Oui, nous le jurons.

— Jurez-vous de ne jamais trahir vos frères et sœurs ?

— Oui, nous le jurons.

Le grand-maître posa le plat de l'épée sur les épaules de Blanche, puis sur celles de Pottard et de Marchal.

— Blanche Wagner, Yvon Pottard, Thierry Marchal, vous avez affirmé à deux reprises votre volonté de devenir des héritiers du Loup, et vous avez juré fidélité : vous voici désormais membres de notre confrérie. Gloire à Dieu !

— Gloire à Dieu ! répétèrent les participants d'une seule voix.

Le colonel tendit l'épée à Francis, remit en place sa peau de loup qui avait glissé et invita les initiés à se relever.

— Ça y est ? C'est fini ? C'est tout ? demanda Pottard.

— On ne va pas y passer la nuit non plus, répondit le colonel.

Les membres de la confrérie vinrent féliciter les nouveaux francs-bûcherons. Les frères Grosdidier embrassèrent Blanche, serrèrent la main des deux garçons. Blanche riait.

— Alors, vous en êtes tous les trois… zut alors…

— Eh oui, pardi ! s'exclamait Jean-Jean. Et toi aussi maintenant !

Babou vint la prendre dans ses bras, la serra contre ses gros seins.

— C'est formidable, ma chérie ! Formidable !

Pottard était aux anges. Si ses collègues de la Rotonde le voyaient ! Alors, les blaireaux, on s'attendait à ça ? On croyait que Pottard était un petit écrivain branché portant des costumes slim bleu électrique ? Qu'il avait la boule au ventre dès qu'il perdait de vue la tour Montparnasse ? On imaginait qu'il allait se laisser emmerder longtemps par des militantes demeurées ? C'était mal connaître le loup qui sommeillait en lui !

Derrière eux, on s'activait. Les francs-bûcherons préparaient un feu au centre de la crypte. Après avoir été reçus dans l'Ordre, les nouveaux membres devaient être initiés. Babou leur expliqua qu'ils allaient chacun être flanqués d'un chaperon pour la soirée, qu'il ne faudrait quitter d'une semelle sous aucun prétexte. Jean-Jean s'était proposé d'être celui de Blanche. Pottard ferait équipe avec Jordan, le conducteur-opérateur de la scierie du maire (le pauvre Marcel Laroque était cerné de tous les côtés). Quant à Marchal, il irait avec une jeune fille qui s'appelait Anne-Marie et qui était assistante maternelle à la crèche Les Amis de Oui-Oui à La Bresse, initiée depuis deux ans à peine.

Francis passa parmi les six voyageurs avec une fiole contenant un liquide vert et épais. Ils en burent chacun trois gorgées en grimaçant avant de rejoindre les autres qui avaient formé un immense cercle autour du feu. Tous se donnaient la main et tournaient dans le sens des aiguilles d'une montre, d'abord doucement, puis de plus en plus vite.

Mais bientôt les six voyageurs furent saisis de bouffées de chaleur, puis d'un engourdissement ; les jambes, les bras et les paupières se firent lourds ; ils titubaient en transpirant, bâillaient sans pouvoir s'arrêter. Blanche voulut cesser de tourner : « Je ne sais pas ce que j'ai, je ne me sens pas très bien… » dit-elle à Babou qui se trouvait à sa gauche. Mais celle-ci l'entraîna en lui tirant le bras. Blanche trottinait comme un automate, les yeux révulsés, les jambes molles, tout le corps en coton.

Elle fut la première à s'effondrer, suivie de Pottard, de la jeune Anne-Marie, puis des autres. La ronde cessa. Les frères et sœurs qui se trouvaient à droite et à gauche des voyageurs les portèrent en silence jusqu'à une extrémité de la grotte où ils les allongèrent contre la paroi rocheuse, dans une zone délimitée par un cercle de craie. Ils étaient inconscients tous les six, plongés dans un sommeil profond. Francis s'approcha d'eux, leur toucha la tête à trois reprises avec un rameau de noisetier et s'éloigna sans un mot.

Elle avait été la première à tomber, elle fut la première à se réveiller. Combien de temps avait-elle dormi ? Quelques secondes ? L'éternité ? Blanche ouvrit les paupières. Elle ne ressentit aucun étonnement à reposer sur le sol avec cinq loups dormant à ses côtés. À part eux, il n'y avait plus personne dans la grotte que le feu éclairait faiblement. Un loup ouvrit les paupières à son tour et releva la tête, puis un autre, encore un ; les six étaient bientôt debout.

Ils empruntèrent en trottinant plusieurs galeries dont l'une était creusée en escalier et menait à une sortie dans la forêt, qu'on aurait prise pour un terrier caché derrière les taillis. Un à un, ils s'engouffrèrent dans le boyau. Dehors, le vent soufflait en rafales, sifflait entre les arbres. À travers le squelette des branches, la lune ronde se reflétait sur les troncs décharnés, l'écorce lacérée par les cerfs. La forêt baignait dans une lumière écœurante, d'un blanc sale et laiteux. Blanche mit le nez au vent. Les odeurs. Les odeurs ! Toutes ces odeurs ! Il y avait deux chevreuils en amont, et plus loin un vieux sanglier qui se cachait dans les fourrés. Il y avait l'urine fraîche d'un jeune chamois isolé et un feu de cheminée provenant des chaumes, à quelques kilomètres de là. Ils trottinèrent contre le vent, museau au sol, d'une démarche élégante et souveraine, effectuant des petits bonds quand la neige se faisait trop profonde. Ils pistaient tranquillement le jeune chamois éloigné de sa harde, sans précipitation : ses petits jets d'urine dans la neige, l'odeur de l'empreinte de ses pas.

Ils s'arrêtèrent bientôt. Il n'était plus bien loin, grignotant tristement un arbuste en lisière de forêt. C'était un chevreau mâle qui venait de quitter sa mère et n'avait pas 2 ans. Deux loups s'éloignèrent par la droite, deux autres par la gauche. Blanche et Jean-Jean continuèrent à avancer dans sa direction à pas lents. La terrible chasse pouvait commencer.

Soudain, il y eut du remue-ménage. Le chevreau, la gueule encore pleine de petites feuilles séchées, venait de bondir. Deux loups s'étaient postés en amont et leur odeur rance l'avait foudroyé. Le jeune chamois fonça sur Blanche et Jean-Jean, obliqua dès qu'il les vit, s'enfuit sur la gauche en évitant les deux autres loups qui le prenaient à revers. Il réussit à gagner la lande, bondissant comme un diable, toute sa jeune énergie mobilisée pour la survie. Vite, petit chamois !

Mais la meute, elle aussi, mobilisa son énergie. Les

loups savaient qu'ils n'avaient que quelques minutes pour l'abattre ; l'effort de la course deviendrait vite trop douloureux. Les six prédateurs bandèrent leurs formidables muscles et se lancèrent à ses trousses comme des fusées noires dans la nuit. Le sang du jeune chamois bouillonnait ; sa course panique était erratique ; les loups se rapprochaient à une vitesse sidérante ! Il sentait leur souffle, leur ignoble souffle chaud qui prendrait le sien, envoyait des ruades. L'un d'eux s'était porté à sa hauteur et lui mordit le jarret. Le chamois roula dans la neige, se redressa, repartit en galopant. Sa patte saignait, il ne la sentait pas. Son cœur battait à rompre ! Un deuxième assaut le fit choir une deuxième fois mais il se redressa à nouveau. Brave petit chamois ! Il courut encore quelques mètres mais, d'un mouvement rapide et précis, un loup le saisit à la gorge et l'entraîna dans sa chute. Il essaya encore de se relever, toujours se relever, mais les six avaient maintenant fondu sur lui, babines retroussées, le lacérant sans pitié de leurs dents criminelles. Jean-Jean l'avait saisi au museau, Blanche attaquait la carotide ; le chamois tressaillit quelques instants, les pattes tendues vers le ciel ; il eut encore quelques tremblements nerveux et tout s'arrêta, son corps mou et chaud sur la neige souillée. L'holocauste s'était produit dans un effroyable silence.

La gueule barbouillée de sang, les loups se léchèrent mutuellement les babines après l'orgie. Libres et de bonne humeur, ils batifolèrent sur la lande : il n'y a pas plus aimable qu'un loup après qu'il a déchiqueté les chairs de son ennemi. Il y eut quelques saillies sur lesquelles nous n'insisterons pas, puis ils reprirent leur route. Ils descendirent dans la vallée, longèrent des fermes ; les chiens grondaient et se tapissaient au fond des niches, poil hérissé. Ils se désaltérèrent dans un petit cours d'eau, contournèrent le village, poussèrent jusqu'au hameau de la Pierre-qui-Pisse en marquant le territoire par des petits jets d'urine. Ce territoire, ils en avaient la garde, en étaient les souverains ; c'était leur territoire. Par la forêt, ils remontèrent dans la montagne, en direction de la cabane de Francis, et se rendirent au gros rocher du Frognon où ils comptaient hurler cette souveraineté à la lune.

Mais un jeune homme les attendait, assis sur le rocher. Il était habillé en haillons, couvert d'un manteau rapiécé à longs poils sur lequel était posée une couverture, portait les cheveux longs et la barbe. Les loups se hérissèrent, retroussèrent les babines, exhibant les petits sabres dont leur gueule était pleine. L'inconnu n'en fut nullement impressionné.

— Tout doux, les loups, inutile de jouer au plus

malin avec moi, leur dit-il en se levant. Vous m'excuserez si je n'ai pas de carte d'identité à vous présenter mais ceci devrait vous suffire, continua-t-il.

Il tendit ses bras vers eux, exhibant ses mains, lesquelles étaient chacune trouée en leur milieu. Les loups se couchèrent autour de lui.

— Loups, je ne compte pas être long, ni ennuyeux, du moins je l'espère, reprit l'inconnu. Mais il est temps pour vous de savoir que si vos vérités existent, il y a une chose qu'il ne faut quand même pas oublier, c'est que je suis là, moi aussi. Il est temps pour vous de savoir que vos vérités n'existent que parce qu'elles ont été intégrées à ma parole. Hors d'elle, elles sont mortes, j'en suis désolé pour vous. Votre héritage, c'est moi qui l'ai en dépôt, et personne d'autre, comprenez-vous cela, les loups ? C'est donc dans cette parole vivante, et dans la tradition qu'elle a léguée, qu'il vous faut rechercher ces vérités, et non ailleurs, car ailleurs, tout est fossile. Ce que les hommes ont fait de ma parole, je n'en suis pas responsable, vous me l'accorderez. Si les hommes ont tiré d'elle des bribes, s'ils l'ont saucissonnée pour lui faire dire n'importe quoi, s'ils l'ont torturée pour justifier l'injustifiable, ce n'est pas une raison pour rejeter cette parole, vous me l'accorderez également. Les fées et les lutins ont existé sous mon Règne, tant que les hommes savaient les voir, n'oubliez jamais cela.

Oh, bien sûr, aujourd'hui, je passe pour un petit plaisantin amateur de table rase, apôtre du chaos et du déracinement qui ne sait que laver des pieds et tendre l'autre joue. Mais je suis bien autre chose que cela, les loups. Je suis l'exigence de la Justice mais aussi de la Liberté. Je suis l'Amour, bien sûr, mais je ne suis pas César et je n'ai jamais voulu l'être, et je laisse à César le soin de vous défendre et de vous protéger, je ne m'y suis jamais opposé. Ainsi, je vous le demande : venez à moi les loups ; venez comme vous êtes, fauves formidables, donner un peu de virilité à ceux qui ont en charge ma doctrine, ils en ont bien besoin. Ce n'est qu'ensemble que nous pourrons rétablir les processions à ma Mère et croiser sur le chemin du retour une fille aux cheveux verts assise au bord d'un lac. Ensemble que nous pourrons exercer la force, quand elle est juste, et balayer ces bribes de doctrines abstraites qui me trahissent. Ensemble, réconciliés, que nous pourrons exprimer le génie de chaque race que porte nécessairement ma parole. Oh, ne croyez pas que cela m'amuse de voir ce que ce monde est devenu. Moi aussi, parfois, j'ai des envies (pardonnez-moi, mon Père, pardonnez-moi, ma Mère) de tout passer au lance-flammes. Mais j'estime plus constructif de m'appuyer sur vous pour créer notre royaume de Justice. Surveillez bien les signes, les loups, je m'engage à vous donner un coup de pouce, que bientôt vous verrez, et que tout le monde verra. J'ai dit.

Les loups s'étaient endormis. Lorsqu'il s'en rendit compte, le jeune homme soupira et regarda sa montre (une petite montre promotionnelle du Tour de France).

— Bon, je vois que je vous passionne... De toute façon, j'ai encore un peu de boulot, alors adieu, salut, et souvenez-vous que quand tout s'écroule il faut rester cool.

Il traça avec deux doigts un petit signe de croix devant les loups. Un cerf blanc apparut. Le jeune homme grimpa sur son dos et s'engouffra dans la forêt. Blanche ouvrit les yeux. Francis venait de lui toucher la tête avec son rameau de noisetier. Elle avait la bouche pâteuse, l'esprit embrumé, les muscles endoloris. Jean-Jean dormait contre elle, recroquevillé en position fœtale. La fête battait son plein autour du feu. Un jeune homme et une jeune fille jouaient des airs entraînants au violon et à la cithare, sur lesquels dansait la joyeuse compagnie. Jean-Mo se dandinait comme un ours des Carpates, un verre de bière à la main. Gorin de Lorraine reposait contre un mur de la grotte, plongé dans son coma, une bouteille de vin vidée de moitié posée à ses côtés. Le colonel était rentré chez lui. Ce n'était plus de son âge, les noubas !

Les voyageurs se réveillèrent un à un, s'étirant, sortant petit à petit de leur torpeur. Babou leur apporta à boire, les tira par le bras :

— Allez, allez, venez danser maintenant !

Lorsqu'ils furent debout, ils réalisèrent qu'ils étaient en pleine forme et se mirent tous à rire, allez savoir pourquoi. Blanche vida son verre cul sec et le jeta à terre. Elle entraîna Jean-Jean par la main pour une bourrée d'anthologie. Ils étaient jeunes, forts et joyeux, et pleins d'espoir. Ils dansèrent jusqu'à l'aube.

XIV

« Tierra ! »
Juan Rodriguez Bermejo

L'hiver n'en finissait pas ; on bourrait le poêle jusqu'à la gueule avant de se coucher et on laissait les portes des chambres ouvertes pour profiter de la chaleur, ce qui n'empêchait pas Blanche d'empiler les couvertures en laine sur son lit. La jeune fille avait pris l'habitude d'avaler un petit verre de schnaps après le service, histoire de se réchauffer. L'auberge faisait salle comble tous les soirs. Elle avait acheté quatre porcelets dans un élevage de la plaine. Au printemps, si les finances le permettaient, elle comptait se procurer deux vaches laitières de race vosgienne, rustique et résistante, et repeupler petit à petit l'étable. Une ferme sans vaches n'est pas une ferme, répétait-elle.

Mais le soir de son anniversaire, au milieu de

l'hiver, une surprise l'attendait. Depuis l'initiation, Pottard et Babou étaient devenus copains. Ils s'étaient mutuellement considérés comme une otarie géante et un navet trop cuit avant de sympathiser un soir chez Pierrot et d'entamer une discussion érudite sur les castors. Babou estimait que leur organisation était fondée sur la hiérarchie, avec un grand architecte à leur tête, des commandants et des inspecteurs des digues sous ses ordres, et une armée d'ouvriers, charpentiers, maçons, hotteurs, manœuvres et bêcheurs qui ne faisaient qu'exécuter les directives prises en amont. Selon elle, les paresseux étaient rappelés à l'ordre et exclus du groupe s'ils persistaient dans leur paresse. Les castors étaient naturellement royalistes, partisans de l'autorité.

Pottard pensait à l'inverse que leur modèle d'organisation était fondé sur des assemblées délibératives et que les décisions se prenaient de manière démocratique. Selon lui, les rapports sociaux des castors reposaient sur une égalité réelle. Les castors étaient naturellement républicains, partisans du consensus. Derrière son bar, Pierrot les observait d'un air hostile en essuyant ses verres.

C'est Babou qui avait eu l'idée.

— Bientôt l'anniversaire de Blanche. Et si on lui offrait une vache ?

Pottard avait levé les yeux au ciel. Une vache !

— En général, on offre plutôt un cochon d'Inde, non ?

— Tu as déjà mangé du munster au lait de cochon d'Inde ? À mon avis tu devrais réfléchir avant de parler.

— Et ça coûte combien une vache ?

— L'argent n'a aucune importance.

La veille de l'anniversaire de Blanche, à minuit, ils franchirent le col d'Oderen à deux sur la motoneige et descendirent vers la vallée alsacienne de la Thur. À partir de la chapelle Saint-Nicolas, la route était déneigée jusqu'au village de Kruth. Ils abandonnèrent l'engin et continuèrent à pied dans la nuit. Babou portait son gros bonnet et son manteau en longs poils, une corde enroulée à l'épaule. Un petit chemin, déneigé lui aussi, partait bientôt sur la gauche dans la forêt, menant à la ferme du Thannenwald, qui était située à flanc de montagne, en lisière des bois. De jour, on y avait une vue magnifique sur la vallée, la plaine d'Alsace et tout là-bas, l'ombre de la Forêt-Noire.

Pottard n'en menait pas large. Il avait voulu refuser l'expédition avant de se rappeler qu'il était désormais un loup ! La masse grise de la ferme apparut. Les deux ombres la contournèrent et se dirigèrent vers l'étable. Une barre transversale en bois maintenait les deux portes fermées, que Babou souleva doucement avant de la poser contre le mur. Elle pénétra dans l'étable chaude, puante et silencieuse. Les vaches étaient couchées ; certaines tournèrent la tête, faisant brièvement tinter leur sonnaille.

Babou remonta l'allée en inspectant le troupeau dans la pénombre. Au bout de l'étable, elle choisit une belle génisse et lui passa la corde au cou. La bête se leva docilement et la suivit. Pottard faisait les cent pas devant la porte en se frottant les mains, à l'affût du moindre bruit, suant malgré le froid polaire. Tous ces fermiers étaient équipés de fusils ! La Patagonne sortit de l'étable avec la génisse, referma délicatement les portes, remit en place la barre en bois.

Venait maintenant le moment le plus délicat de l'opération : le passage à découvert pour regagner le petit chemin plongeant dans la forêt. Que le fermier, pour une raison ou pour une autre, se réveille et regarde par la fenêtre et c'était le carnage ! Heureusement, l'animal ne bronchait pas, n'opposait aucune résistance. Babou le faisait marcher dans la neige fraîche pour éviter le bruit des sabots sur le sol gelé. Pottard n'osait se retourner ; il marchait les épaules rentrées, la tête baissée, s'attendant à prendre une balle dans le dos d'une seconde à l'autre ! Les

200 mètres jusqu'à la forêt lui parurent durer une éternité. Ils y étaient quand la génisse émit son premier meuglement. Pottard se précipita sur elle et lui fit signe de se taire. Elle meugla à nouveau. L'écrivain essaya de lui maintenir le museau fermé mais elle se débattit et rua. Il était épouvanté, tournait sur lui-même, cherchait des yeux un bâton pour l'assommer ! Babou s'approcha à son tour de la petite vache et lui caressa la tête pour la rassurer mais elle continuait de meugler : elle voulait rentrer à la maison ! Ils accélérèrent le pas jusqu'à courir, la génisse trottinant derrière en couinant. Courir pour Babou n'était pas facile, elle soufflait comme un phoque. Ils remontèrent la route du col jusqu'à la chapelle où se dressait le mur de neige entassée par les engins de la commune de Kruth. Babou confia la corde à Pottard et démarra sa motoneige. C'est au pas qu'ils remontèrent la route enneigée, la vache marchant laborieusement dans les traces des chenilles.

Ils arrivèrent à la ferme du Renard Pendu à l'aube, installèrent la vachette tremblante de froid dans l'étable, remplirent le râtelier de foin et l'abreuvoir d'eau. La génisse but un long moment puis se coucha, épuisée par son périple dans la neige. À midi, ils revinrent déjeuner à la ferme. Babou avait refait le trajet du col en motoneige pour effacer les empreintes de pas avant de rentrer chez elle et de dormir deux heures. Personne n'avait remarqué la présence de la génisse qui avait passé sa matinée à dormir, elle aussi. En arrivant dans la cuisine, Babou embrassa Blanche qui était en train de cuisiner et lui demanda ce qu'était cette grosse chose posée dans l'étable.

— Quelle chose ? répondit Blanche.

— Ben je ne sais pas, justement.

Blanche s'essuya les mains et sortit de la cuisine. On l'entendit ouvrir la première porte du couloir, puis celle de l'étable, puis quelques secondes de silence et un grand cri. Jean-Didier et Jean-Jean dressaient le couvert dans la salle à manger. Ils se précipitèrent à l'étable, ainsi que Jean-Mo qui descendit l'escalier en courant. Babou et Pottard les rejoignirent. Ils trouvèrent la jeune fille enlacée à la génisse, pleurant de joie.

— Ah ben merde, comment elle est arrivée là celle-là ? demanda Jean-Mo.

Blanche se releva et sauta au cou de Babou.

— Lui aussi est dans le coup, dit-elle en montrant Pottard.

L'écrivain prit un air modeste tandis que Blanche l'embrassait (et que le pauvre Jean-Jean en avait le cœur brisé). La jeune fille irradiait de bonheur. Cette petite génisse était pour elle le symbole du renouveau, de la renaissance de la ferme, de l'ordre retrouvé. Elle estimait que c'était le désordre qui avait conduit le monde au chaos et qu'il fallait, chacun à son niveau, rétablir l'ordre et prendre soin des choses. Une étable vide, c'était le désordre. Une étable qui se remplissait, c'était l'ordre qui revenait. Elle décida de nommer sa première vache Marguerite.

Tout le monde se retrouva autour de la grande table de la cuisine. Jean-Jean sortit du champagne pour l'occasion et l'on trinqua bruyamment. Depuis cette fameuse nuit dans les entrailles de la montagne, Blanche observait souvent ses compagnons et se demandait si elle n'avait pas rêvé. Elle avait des souvenirs qui lui revenaient par flashes, des images de corps barbouillés de suie, un petit chamois courant à perdre haleine, des danses endiablées, un jeune vagabond à la présence réconfortante. Bien sûr, personne n'avait jamais évoqué ce moment, personne n'y avait jamais fait allusion et elle n'osait poser aucune question. Le seul qui violait la règle d'airain était le chevalier Gorin. Il racontait à qui voulait l'entendre qu'il allait parfois sous la montagne et se transformait en loup-garou. Son interlocuteur baissait alors la tête et plaignait secrètement ses parents. Une chose n'en était pas moins certaine : une communauté était là, qui veillait en secret. Une communauté soudée qui sortirait bientôt de la montagne, des loups qui s'opposeraient aux loups.

Car le colonel l'avait dit : c'était le temps des Loups, lorsque la bête bondit, avalant tout sur son passage. Elle bondissait, la Bête ! Elle déchiquetait, démembrait tout : Mulhouse était tombé à la fin de l'hiver sans que l'armée n'intervienne. Il y avait eu quelques combats de rue, une milice avait été créée, puis une contre-milice ; la ville avait basculé en dix jours. On avait vu passer les premiers réfugiés dans la vallée, des fuyards apeurés, ainsi que ceux qui avaient participé aux combats et n'attendaient aucune clémence des vainqueurs. Ceux qui avaient haussé les épaules depuis trente ans se réveillaient avec la gueule de bois. Les collabos qui avaient préparé le terrain voyaient enfin leur rêve exaucé : la France châtiée et dépecée.

Au village, Pierrot faisait le plein tous les soirs. Les gens se réunissaient au bar pour discuter des événements, pour se sentir entourés aussi. On ne croyait plus un mot de ce que racontaient les médias ! Ils avaient menti sur tout, partout, tout le temps, avaient concentré toute leur énergie à traîner dans la boue ceux qui avaient essayé d'alerter l'opinion quand il était encore possible d'agir. Le maire était sonné mais n'en démordait pas : la laïcité nous tirerait de ce mauvais pas !

Un soir au début du printemps, à l'heure de l'apéro, le café était plein. Blanche, les frères Grosdidier, Pottard, Marchal et Babou prenaient un verre, assis autour d'une table. Le major Stéphane Vidal et l'adjudant Joseph Mathis buvaient un pastis à la table à côté. Au comptoir, le père Schmidt, le maire, Arctique et Antarctique écoutaient le témoignage de l'épicier du village dont la sœur avait fui Mulhouse pour se réfugier chez lui. Selon elle, une police des vêtements avait été mise en place, qui veillait à ce que les femmes soient vêtues décemment. Marcel Laroque ne savait plus quoi penser. Pour la première fois de sa vie, il doutait du modèle républicain. Il n'en était certes pas à penser comme Babou que tous ces peuples des déserts n'en avaient strictement rien à foutre de son modèle républicain à la con et que le mieux aurait été de ne jamais les laisser entrer dans le pays par millions ! Cela, il ne le penserait jamais. Mais il se disait que *quelque chose* s'était manifestement mal passé.

Dans l'alcôve, les petits-enfants de Pierrot, les jeunes Matthis et Hugo, jouaient avec Bouboule, le petit hamster qu'ils avaient sorti de la cage, tandis que la vieille tricotait sur le canapé. Leur mère, Lilou, la fille de Pierrot, avait un rendez-vous et avait demandé à sa grand-mère de les garder.

Soudain, le petit Matthis traversa la salle jusqu'au bar, tenant dans sa main le hamster inanimé qu'il présenta à sa grand-mère en disant qu'il fallait changer les piles. En jouant avec lui, le gosse avait dû l'étrangler par mégarde car le rongeur gisait sur le dos, les pattes en l'air. Yvette étouffa un cri et lui saisit l'animal des mains.

— Qu'est-ce que tu as fait, malheureux ! lâcha-t-elle.

Matthis se mit immédiatement à pleurer. Pïerrot s'approcha et vit le hamster :

— Eh merde, v'là autre chose…

L'enfant réclamait son hamster. Sous le coup de l'émotion, Yvette s'était mise à pleurer elle aussi.

— Bon, c'est rien, ne t'inquiète pas, on t'en achètera un autre, annonça Pierrot.

— Bouboule ! Bouboule ! Je veux Bouboule ! criait le petit.

— Bouboule, y a plus ! merde ! t'en auras un autre je te dis !

— Bouboule ! Ouin ! Je veux Bouboule !

C'est alors que Blanche se leva de table et

s'approcha du comptoir. Pourquoi se leva-t-elle ? Pourquoi s'approcha-t-elle du comptoir ? Elle affirmerait plus tard que ce fut comme si une force l'y avait poussée. Elle contempla le hamster dans la main d'Yvette et s'apitoya. Elle le prit, lui caressa le ventre avec un doigt et l'approcha de sa bouche en pleurant. « Pauvre petit Bouboule », murmurait-elle. Elle souffla doucement sur la petite boule de poils et celle-ci s'ébroua. Le hamster se retourna, les oreilles rabattues, se mit à renifler la main qui l'accueillait. Les larmes aux yeux, Blanche le tendit au petit Matthis, qui l'attrapa en riant et fila aussi sec au fond de la pièce rejoindre son petit frère et son arrière-grand-mère.

Il y eut un grand silence dans le café. Tout le monde regardait Blanche avec un air d'épouvante. Ceux du bar s'étaient éloignés d'un pas. Yvette était figée comme une statue de sel, la main encore tendue sur laquelle avait reposé le petit hamster mort, la bouche ouverte, les yeux écarquillés. Elle fut la première à se signer, bientôt imitée par Pierrot, puis par le père Schmidt, puis par l'ensemble des consommateurs qui dans le plus parfait silence effectuèrent tous, lentement, le signe de la croix.

Blanche était debout au milieu de la salle du café, souriant d'un air gauche et timide tandis que les larmes continuaient de rouler sur ses joues. Quelques buveurs s'approchèrent et lui touchèrent l'épaule, Yvette lui saisit la main et tomba à genoux ; on l'entourait maintenant, on lui touchait les cheveux, les bras, les joues, les premiers rires fusaient, et les exclamations. « Nom de… Merde alors ! » disait Pierrot. « Gotfertomi, il était mort… » répétait le père Schmidt. « Sainte ! Sainte ! » cria Yvette. (Et dehors, dans le froid et la brume, un vagabond traversait le village emmitouflé dans un manteau rapiécé sur lequel était posée une couverture en lambeaux.)

*

La nouvelle s'était répandue dans le village comme une traînée de poudre. Dans les jours qui suivirent, les habitants de Saint-Pierre-aux-Puces, mais aussi ceux de villages environnants, défilèrent à la ferme du Renard Pendu pour voir la jeune fille, essayer de la toucher. Les mères emmenaient leur gosse, certaines apportaient leur vieux chat malade, leur chien galeux, leur perruche déplumée. Des centaines de personnes étaient à genoux dans la cour de la ferme, de nombreuses femmes pleuraient à chaudes larmes.

Les francs-bûcherons soufflaient sur les braises, parcouraient la vallée en répandant la bonne nouvelle. Au village, ils préparaient les esprits, expliquant aux commerçants que le vieux Laroque avait fait son temps. « Une sainte dans la vallée de la Moselotte ? » titra *Vosges Matin*. « Jeudi dernier, au village de Saint-Pierre-aux-Puces, a eu lieu un prodige qui ne fera sourire que les imbéciles », y écrivait Thierry Marchal. L'édition s'arracha ; les gens descendaient des montagnes, montaient de la plaine et convergeaient vers la ferme du Renard Pendu.

Blanche était assise dans la cuisine, les mains posées sur les genoux, le regard perdu dans le vague. Jean-Jean était assis en face d'elle, sonné lui aussi. Jean-Mo avait décapsulé une bière et faisait les cent pas dans la pièce en buvant des grandes lampées, s'arrêtant régulièrement devant la fenêtre pour tirer le rideau et regarder la foule s'amasser au-dehors.

— Quelle histoire, merde ! T'es bien sûre qu'il était claboté, le bestiole ? Parce que quand même, c'est pas rien !

— Bien sûr qu'il était claboté ! répondit Babou. Raide et les quatre pattes en l'air !

— Quand même, c'est pas rien ! répétait Jean-Mo.

Le colonel avait fait le déplacement. Immobile dans sa chaise, à côté du poêle, il réfléchissait depuis un long moment, l'index posé sur ses lèvres. Il marmonnait dans sa barbe, hochait parfois la tête.

Soudain, il fit pivoter son fauteuil et se tourna vers Blanche.

— Tu es élue, ma chère. Il te faut l'accepter, annonça-t-il d'une voix douce.

— Élue ? Élue par qui ? Y a pas eu d'élection, que je sache ! gueula Jean-Mo.

— Et il n'y en aura plus ! répondit Babou.

Elle prit la jeune fille par le coude et la releva.

— Il n'y en aura plus car nous n'en aurons plus besoin, continua la Patagonne. Et nous n'en aurons plus besoin car nous avons désormais une reine !

— Une reine ? Où ça ? De quoi elle parle l'Argentine ?

— Ici ! cria Babou en montrant Blanche. Et maintenant : à la mairie !

— Elle travaille du ciboulot, ma parole ! Elle travaille du ciboulot ! criait Jean-Mo. Elle est secouée comme la laitue !

— À la mairie ! criait Babou Et que ça saute !

La jeune fille revêtit une longue robe blanche et libéra ses cheveux. Ils sortirent tous de la ferme. Le peuple amassé l'acclama aux cris de « Sainte ! Sainte ! Sainte ! ».

— À la mairie ! criait Babou. Tous à la mairie !

Ils remontèrent au village par la route, en procession. Blanche marchait devant, à côté de Babou et du colonel poussé par Jean-Didier, suivi des deux autres frères Grosdidier et de la foule en liesse. Au bourg, d'autres habitants se joignirent à eux, y compris Pottard et Marchal qui doublèrent tout le monde pour se hisser au niveau de Blanche.

— Qu'est-ce qui se passe ? demanda Marchal.

— Sécession ! cria Babou. À la mairie ! Vive la reine !

— Sécession ? répéta Pottard. Ah, mais je marche, nom de Dieu ! Vive la Révolution ! Vive le roi, et vive aussi la reine ! Et d'ailleurs vive tout ce que vous voudrez !

— Vive la reine ! répétait la foule. Elle est jeune, elle est sainte, elle est jolie ! Vive la reine !

Ils étaient près de mille quand ils arrivèrent devant la mairie. Les francs-bûcherons étaient au grand complet, dispersés dans la foule et lançant de tonitruants « Vive la reine ! ». Même les frères Bader avaient fait le déplacement et participaient à la liesse ! Blanche entra dans le bâtiment, accompagnée de Babou et du colonel toujours poussé par son fidèle Jean-Didier. Ils pénétrèrent dans le bureau du maire sans frapper et se postèrent devant son bureau. Il était en train de jouer à Pac-Man sur son ordinateur.

— Qu'est-ce que… que ce qui… Vous avez

rendez-vous ? Qu'est-ce que c'est que ces manières ? Et quel est ce raffut ?

— C'est fini, Laroque, déclara le colonel.

— Qu'est-ce qui est fini ? De quoi parlez-vous ? Sapristi, veuillez sortir !

— Rassurez-vous, on ne vous fera aucun mal, dit Blanche. Vous conserverez votre entreprise et nous vous aiderons dans votre travail de producteur. Nous ne sommes pas des communistes.

— Communistes ?

— Mais la mairie, c'est fini, ajouta Babou. Nous avons d'autres ambitions.

— Mais… mais c'est un putsch ! Un coup d'État ! C'est grave ! Au secours ! À moi, la démocratie ! À moi, l'État de droit ! Laïcité ! Je ne sortirai qu'à la force des baïonnettes !

Le colonel prit son Colt de sous sa chaise roulante et tira une balle dans la fenêtre. Le maire sortit de son bureau en cavalant et en agitant les bras. À la porte principale, il vit la foule sur le parvis et prit peur. Il rebroussa chemin, traversa la mairie dans l'autre sens, gagna la porte de service à l'arrière du bâtiment, d'où il bondit à l'air libre. Il courut jusqu'au hameau de la Pierre-qui-Pisse à travers la forêt en criant : « Putsch ! Putsch ! À moi la démocratie ! »

Les putschistes sortirent sur le perron de la mairie

où la foule en délire acclama Blanche. Il restait un petit détail à accomplir qui, bien sûr, n'était pas tout à fait sans importance.

— À l'église ! cria Babou.

Et la masse humaine de traverser la place. Mais le curé était un chrétien de gauche ! Il mesurait 1,50 mètre, pesait 40 kilos, et refusait d'accomplir ce qu'il qualifiait de « mascarade » ! Du parvis de l'église, il improvisa un petit sermon à la foule, les bras levés, en lui expliquant les vertus du vote et de la démocratie, l'incompatibilité du christianisme et du coup de force ! Houhou ! criait la foule. Vendu ! Jésuite ! Social-démocrate !

Babou finit par le prendre par le col et le souleva de terre, ses pieds chaussés de sandalettes en cuir pédalant dans le vide.

— Ton christianisme a cinquante ans, curé ! le nôtre en a deux mille ! Et nous avons Jésus avec nous ! À genoux, chien, sacre notre reine ou il t'en cuira !

*

Et c'est ainsi que Blanche Wagner, cette modeste aubergiste kidnappée par erreur par trois affreux montagnards, devint, sous le nom de Blanche Ire, la première reine du petit royaume des Vosges qui fut créé ce jour-là, et dont l'histoire, dans les siècles suivants, serait ô combien glorieuse. Plusieurs villages de la vallée rejoignirent le royaume sécessionniste, dont Saulxures, La Bresse et Remiremont, avec leurs précieuses unités de gendarmerie qui se mirent au service de la reine et devinrent, sous leur nouvel uniforme inspiré de celui des zouaves de la garde, le cœur de la nouvelle armée royale.

Dès le lendemain du coup d'État, le préfet se déplaça avec une vingtaine de policiers pour faire cesser les troubles. Blanche le reçut avec courtoisie dans la salle des fêtes de la mairie, entourée de cinquante francs-bûcherons armés, et lui notifia dans les formes la sécession du royaume d'avec la République française. Le préfet quitta les lieux et en appela à l'armée qui, occupée à se battre dans les banlieues, n'intervint pas. Dans les jours suivants, on établit les frontières du nouveau royaume, on déboulonna les symboles républicains et on frappa monnaie (le franc vosgien).

Moins de deux ans plus tard, la Lorraine voisine se constitua en République indépendante tandis que de l'autre côté de la montagne l'Alsace, amputée du Sundgau islamiste, devenait un duché unifié et que l'on signait avec ces deux nouveaux États des traités de commerce.

Pour assurer la descendance, Blanche se maria avec Jean-Jean, créant une lignée de belle race, d'où sortirait un peu plus d'un siècle plus tard la grande Jeanne II, surnommée la « reine en armes », fille du roi Jean-Patrice, celle-là même qui, alliée au duché d'Alsace, anéantira l'émirat mulhousien lors de la bataille de Saint-Maurice-sur-Moselle, prendra Épinal à la petite République de Lorraine et étendra le royaume jusqu'à Lunéville. Mais cela est une autre histoire…

Pour lors, Babou devint « conseillère spéciale », de la Reine l'équivalent de Premier ministre. Elle incitait ses sujets à la piraterie, organisait des guets-apens vers le col de Bussang pour s'emparer des camions de marchandise en transit vers Mulhouse. Elle fit fortifier les frontières du royaume, organisa l'armée et l'administration. Elle avait les idées bien arrêtées : la France s'était suicidée par le droit. Elle s'était évertuée à créer des individus sans société et à ériger des principes dont l'un d'eux était l'interdiction de défendre ces principes. Tout cela ne pouvait que mal finir. Dans le royaume, les droits individuels seraient ainsi tenus en laisse, subordonnés au bien commun dont la reine était le garant. On institua des terres communes et des équipements communs, dont le moulin du hameau des Bader, qui fut restauré et socialisé. Babou s'occupa même des programmes scolaires : ici, il n'y aurait pas d'ethnomasochisme ! On enseignerait aux enfants la grandeur du royaume, héritier de la belle et grande civilisation française, morte de s'être méprisée.

Le colonel, commandant en chef de l'armée vosgienne, mourut dans la paix deux ans plus tard, cédant par testament son manoir à la reine, qui en fit son palais d'été. Il devint la figure principale du royaume, celui qui avait tiré la seule et unique balle de la Révolution royale (cinq ans après sa mort, « Une seule et unique balle » devint du reste la devise officielle de la monarchie sociale wagnérienne). Place du Palais-Royal, ex-place de la Mairie, une belle statue le représenterait dans sa chaise roulante, vêtu de sa veste de colonel des zouaves de la garde, en train de dégainer élégamment son Colt dans le bureau du maire.

Promu écrivain national, Yvon Pottard ne rentra jamais à Paris. Il abandonna ses études castorales et devint le chroniqueur attitré de la reine pour laquelle il nourrit une véritable passion. Il considéra le patriotisme non plus comme un isolement ou une sécheresse, mais comme une force créatrice, si bien que son œuvre délaissa le nombrilisme stérile et l'autofiction victimaire pour s'engager dans la voie de l'épopée ; il fit des émules, devint au soir de sa vie le chef de file de l'« école vosgienne » et le meilleur ambassadeur de la monarchie dont les livres se lisaient sur tout le territoire de l'ancienne France.

Thierry Marchal dirigea *La Couronne d'acier*, le journal officiel du nouvel État ; la ferme du Renard Pendu se repeupla d'une vingtaine de vaches et devint une adresse prisée des habitants du royaume, et un lieu de pèlerinage ; Jean-Jean, tout prince consort qu'il fût, venait y faire ses tartes flambées tous les soirs, qui égalèrent bientôt celles de l'Alsace alliée.

Après quelques mois de bouderie, Marcel Laroque devint plus royaliste que la reine. Il se consacra entièrement à sa belle entreprise, qui prospéra grâce aux commandes de l'État, et ne tarissait pas d'éloges sur Blanche Ire. À l'auberge du Renard Pendu, où il venait régulièrement dîner, il répétait à qui voulait l'entendre que la république et la laïcité avaient été les boulets de feue la France, une vraie malédiction qui l'avait entraînée dans les abîmes de l'abstraction et du nihilisme et l'avait finalement perdue, ce dont il s'était toujours secrètement douté.

Quant au chevalier Gorin de Lorraine, il fut nommé patrouilleur officiel du royaume, une fonction dont il s'honorait fort, et c'est d'ailleurs en sa compagnie que nous allons clore ce récit.

Au cours de l'une de ses patrouilles, à l'est du royaume, il avait découvert un petit massif de chênes tordus qui l'intriguait. Il était situé au pied d'un éboulis de roches granitiques au milieu duquel un énorme rocher semblait avoir été posé de main d'homme, ce qui ne lui plaisait guère. Les arbres étaient difformes et noueux, souffreteux et tordus. Un soir, à la nuit tombante, il vint contrôler l'activité du lieu car il soupçonnait que ces arbres avaient été punis pour avoir refusé de se prosterner. Et alors, il la vit, la méchante fée qui torturait les arbres. Et Gringalet la vit aussi, car il se mit à trembler de tous ses membres. Le chevalier lui caressa le cou, releva la visière de son heaume, se pencha et lui chuchota à l'oreille :

— Pourquoi avoir peur, gentil petit poney ? Nous avons désormais une reine pour nous protéger.

Borderline

« Ce texte, on ne pourrait plus le publier aujourd'hui ! » : combien de fois l'éditeur a-t-il entendu ce genre d'affirmation… Nous, nous avons un mauvais esprit et pas mal de liberté ; aussi il nous a plu de consacrer une collection à tous ces ouvrages que l'air du temps préférerait réserver aux bouquinistes et au rayon vintage. Cette collection, nous l'avons appelée *Borderline.*

Comment définir – sans froisser personne – les livres que nous voulons y publier ? Justement comme autant de livres qui se ficheront de froisser qui que ce soit. Des fictions sans précautions, sans le filtre des nouveaux catéchismes ou l'intervention de *sensitivity readers*.

Chez *Borderline* vous trouverez des inédits, des rééditions, des curiosités, autant d'hommages au « pulp » ou de retrouvailles avec la littérature de genre. Des ouvrages qui s'adresseront à tous les lecteurs avides de vigueur, de bonne santé, d'insolence et de liberté.

Directeur de collection : Arnaud Hofmarcher

Conception graphique : Justine Dupré
Mise en pages par Facompo, Montrouge
Dépôt légal : septembre 2022
ISBN 978-2-7491-7374-0

Vous pouvez consulter notre catalogue général
et l'annonce de nos prochaines parutions sur notre site :
www.cherche-midi.com

92, avenue de France – 75013 Paris

MIXTE
Papier issu de sources responsables
FSC® C003309

L'éditeur de cet ouvrage s'engage dans une démarche de certification FSC® qui contribue à la préservation des forêts pour les générations futures.

Pour en savoir plus :
www.editis.com/engagement-rse/

Achevé d'Imprimer en juillet 2022
par Grafica Veneta S.p.A.
à Trebaseleghe (Padova)